W9-BFF-292

LEONIS
LE ROYAUME D'ESA

Dans la série Leonis

Leonis, Le Talisman des pharaons, roman, 2004.

Leonis, La Table aux douze joyaux, roman, 2004.

Leonis, Le Marais des démons, roman, 2004.

Leonis, Les Masques de l'Ombre, roman, 2005.

Leonis, Le Tombeau de Dedephor, roman, 2005.

Leonis, La Prisonnière des dunes, roman, 2005.

Leonis, La Libération de Sia, roman, 2006.

Leonis, Les Gardiens d'outre-tombe, 2006.

Roman pour adultes chez le même éditeur

Le Livre de Poliakov, roman, 2002.

MARIO FRANCIS

Leonis
Le Royaume d'Esa

LES INTOUCHABLES

Les Éditions des Intouchables bénéficient du soutien financier de la SODEC, du Programme de crédits d'impôt du gouvernement du Québec et sont inscrites au Programme de subvention globale du Conseil des Arts du Canada.

Nous reconnaissons l'aide financière du gouvernement du Canada par l'entremise du Programme d'aide au développement de l'industrie de l'édition (PADIÉ) pour nos activités d'édition.

LES ÉDITIONS DES INTOUCHABLES
816, rue Rachel Est
Montréal, Québec
H2J 2H6
Téléphone : 514 526-0770
Télécopieur : 514 529-7780
www.lesintouchables.com

DISTRIBUTION : PROLOGUE
1650, boulevard Lionel-Bertrand
Boisbriand, Québec
J7H 1N7
Téléphone : 450 434-0306
Télécopieur : 450 434-2627

Impression : Transcontinental
Logo et maquette de la couverture : Benoît Desroches
Infographie : Geneviève Nadeau et Roxane Vaillant
Illustration de la couverture : Emmanuelle Étienne

Dépôt légal : 2007
Bibliothèque et Archives nationales du Québec
Bibliothèque nationale du Canada

ISBN-10 : 2-89549-261-1
ISBN-13 : 978-2-89549-261-0

1
LA CRÉATURE

Baka, le maître des ennemis de la lumière, se tenait au centre de l'immense arène du Temple des Ténèbres. Seules quelques torches plantées dans le sable éclairaient l'enceinte. La lueur des flammes fumeuses ne révélait rien des gradins déserts. Le dôme colossal qui surplombait le lieu de culte disparaissait entièrement dans l'obscurité. L'air était froid et sec. Au fil des nombreuses cérémonies qu'il avait accueillies, l'endroit s'était imprégné du remugle âcre de la sueur des milliers d'adeptes qui s'y étaient entassés pour adorer leur dieu. De vagues effluves d'encens se mêlaient aux odeurs laissées par les hommes, mais ces vapeurs étaient bien légères en comparaison du relent de musc qui montait du sable de l'arène. Cette pestilence pouvait être comparée à celle émanant d'un nid de vipères. C'était l'odeur du grand serpent Apophis.

Derrière Baka se dressaient dix hommes figés comme des statues. Ces gaillards possédaient tous la même carrure impressionnante. Ils portaient des pagnes noirs et ils étaient désarmés. Leurs muscles tressaillaient sous leur peau cuivrée. La marque au fer rouge des adorateurs d'Apophis ornait leur torse. Ce stigmate représentait un serpent enserrant le soleil dans ses anneaux. Il désignait les Hyènes : les redoutables et implacables combattants d'élite des ennemis de l'empire d'Égypte. Sans sourciller, les fougueux guerriers fixaient le vide. Le maître leur avait annoncé qu'ils étaient là dans le but de combattre, mais ils n'avaient pas la moindre idée de l'adversaire qu'ils devraient affronter. Cela n'avait guère d'importance pour eux. Aucune nervosité ne se lisait sur leurs traits. Ils attendaient, prêts, comme toujours, à lutter, à vaincre ou à mourir.

Baka tourna la tête. Un léger glissement se faisait entendre dans un coin sombre de l'arène. La silhouette du sorcier Merab se détacha des ténèbres. Le vieillard fit quelques pas dans la lueur des torches. Il s'immobilisa pour examiner longuement le maître et le groupe de colosses. L'envoûteur s'inclina ensuite dans un cérémonieux salut. D'une voix forte, nasillarde et grinçante, il lança :

— Je vous suis reconnaissant d'avoir ainsi accédé à ma demande, maître vénéré. Je vois que vos hommes sont prêts…

— Ils sont prêts, Merab, lui assura Baka d'un air sévère. Il me tarde de savoir ce que tu nous as préparé. Il y a plus de deux semaines, afin de me convaincre de livrer Hapsout à ta magie, tu m'as demandé de te fournir un esclave en prétendant que tu ferais de lui un puissant combattant. Depuis, tu n'as pas quitté tes quartiers. Je commençais vraiment à m'impatienter. J'ose escompter que tu n'as pas sacrifié tout ce précieux temps à de vaines expérimentations. Ce matin, ton petit serviteur est venu me transmettre ta demande de réunir dix Hyènes dans l'arène du temple. Ces hommes devaient être préparés à combattre à mains nues… Je dois t'avouer que cette requête m'a fait sourire, vieillard. Tu es sans aucun doute un habile envoûteur, mais puisqu'en dépit de tes bons soins, le pitoyable esclave que je t'ai confié ne sera probablement pas en mesure de triompher d'un seul de ces guerriers, je me demande s'il était bien nécessaire d'en rassembler autant…

Merab hocha la tête à plusieurs reprises. Une ombre de gêne, vraisemblablement feinte, passa sur son visage sillonné de rides. Il glissa ses doigts nerveux dans sa longue chevelure blanche avant d'affirmer :

— Vous allez assister à un prodige, maître Baka. Sachez qu'il y a bien longtemps que je ne me livre plus aux expérimentations. Je tiens à vous avertir que vos hommes seront secoués. Vous n'aurez cependant qu'un mot à dire pour que j'ordonne à mon guerrier d'arrêter le combat. Vous pensez que vos gaillards sont trop nombreux, mais je vous assure qu'ils n'arriveront pas à maîtriser ma créature.

Le chef des ennemis de la lumière frissonna. L'assurance de l'envoûteur l'angoissait. Il le craignait. En présence des adeptes, le vieux se montrait toujours respectueux envers le maître. Mais dès que les deux hommes se retrouvaient seul à seul, Merab devenait très insolent. Baka savait que, plus que quiconque, le puissant sorcier pouvait contribuer à la chute de l'Empire. Néanmoins, il eût aimé n'avoir jamais rencontré ce dangereux personnage. Car si Merab pouvait nuire à l'Égypte, il était assurément capable, si tel était son désir, de tout mettre en œuvre pour devenir le chef des hordes que Baka avait consacré tant d'années à réunir. Le maître sentait son autorité menacée par la présence de cet individu qui pouvait lire dans les pensées. Merab voyait tout. Il pouvait terrasser un homme sans même le toucher. Comment pouvait-on lutter contre un être semblable? Devant la certitude de l'envoûteur de voir un misérable esclave triompher de dix combattants d'élite, Baka était rongé par l'inquiétude. Il s'efforça toutefois de rester calme. Après un long moment d'hésitation, il dit:

— Tu sembles sûr de toi, Merab. J'ai bien hâte de constater ce que tu as fait de ce chétif esclave! Tu peux demander à ton… guerrier de s'avancer… Tu as parlé d'un prodige. J'espère que je ne serai pas déçu…

Le sorcier ne répliqua pas. Il leva la main et claqua des doigts. Tout d'abord, Baka vit apparaître le petit serviteur de Merab. Cet enfant ne devait pas avoir plus de cinq ans. Ses cheveux sombres aux boucles soyeuses encadraient un visage lisse et joufflu. Ses lèvres étaient pleines et boudeuses. Il était mignon. À première vue, il s'agissait d'un bambin semblable à tous les autres. Pourtant, chaque fois qu'il l'apercevait, un étrange sentiment de répulsion s'emparait du maître des adorateurs d'Apophis. Les yeux de ce garçon étaient troublants. Ils semblaient chargés de trop de sagesse pour appartenir à un être aussi jeune. En outre, quelque chose clochait dans l'attitude du petit serviteur. Il marchait comme un homme et bougeait avec un aplomb qui n'avait rien de juvénile. On eût dit que l'esprit d'un adulte était emprisonné dans ce corps d'enfant. Le petit s'arrêta près de Merab. L'instant d'après, l'esclave pénétra à son tour dans la lumière des flammes. Derrière Baka, l'un des combattants laissa échapper un rire bref et moqueur.

Il faut dire que le personnage qui venait de faire son apparition n'avait rien d'un guerrier. Sa maigreur était impressionnante. Ses paupières rougies, presque mauves, étaient closes. Visiblement faible et fiévreux, il tremblait de tous ses membres. Merab posa la main sur l'épaule de l'esclave. Sans ouvrir les yeux, le misérable s'agenouilla dans le sable malodorant. Convaincu que le sorcier voulait se moquer de lui, Baka s'exclama :

— Qu'est-ce que cela signifie, vieillard ? Ce ridicule insecte est encore plus mal en point qu'au moment où je te l'ai confié ! Je m'attendais à voir un homme robuste et vaillant ! Tu te présentes avec un sac d'os qui tremble comme un oisillon ! Ne m'avais-tu pas promis d'en faire un solide combattant ? Tu m'as demandé de dispenser dix hommes de leur entraînement quotidien pour leur faire affronter cette momie ambulante ! C'est invraisemblable ! Cette loque ne pourrait même pas empêcher son ombre de la faire trébucher !

Merab haussa les épaules. Il expliqua sans se démonter :

— En ce qui concerne son aspect, je ne pouvais pas faire de miracle, maître Baka. J'aurais eu besoin de temps pour rendre ce jeune homme plus costaud. Vous m'avez fourni un esclave sec comme le bois mort. Il était malade, affamé et exténué. Heureusement, son cœur était rempli d'une rage vengeresse aussi brûlante que le feu. J'ai utilisé ce sentiment afin d'élever sa force et son endurance à leur paroxysme. C'est sa puissance qui le fait trembler de la sorte. Ne vous fiez pas à ce que vos yeux vous montrent, maître. La minable bête de somme que vous m'avez confiée est devenue, en moins de trois semaines, une meurtrière et implacable créature…

Cette fois, tous les combattants de Baka éclatèrent de rire. Le maître lui-même eut du mal à conserver son sérieux. Il fit un geste brusque pour exhorter les Hyènes à se taire ; puis, en ouvrant les bras, il jeta :

— Les actes en disent souvent plus long que les mots, Merab. Comme tu peux le constater, mes hommes ne prennent pas tes paroles au sérieux. Puisque tu sembles si confiant, il est temps de leur prouver qu'ils ont tort.

Le vieux sorcier approuva d'un mouvement du menton. Il toucha de nouveau l'épaule osseuse de l'esclave, et celui-ci ouvrit les paupières. Le maître des adorateurs d'Apophis sursauta. Un soupir d'étonnement fusa du groupe de combattants. Si la lumière des flambeaux ne s'était pas reflétée dans le regard de cet homme, on eût pu croire que ses orbites étaient vides; ses globes oculaires étaient entièrement noirs, comme s'ils avaient été remplacés par des billes d'obsidienne. Aucune expression ne se lisait dans la froideur de joyau de ces yeux inhumains. Avec un sourire sinistre, Merab déclara:

— C'est la Mort qui vous observe, mes gaillards. Votre propre mort. Ne vous laissez pas leurrer par la chétive carcasse de ce malheureux. Montrez-vous impitoyables. Car ma créature vous fera payer la moindre de vos hésitations.

Après avoir prononcé ces paroles, l'envoûteur aboya une série de syllabes, qui, en apparence, n'avait aucune signification. Le jeune homme au regard de néant se leva. Il émit un cri rauque et tout son être se crispa. On eût dit que sa peau allait se fendre sous la pression interne des muscles et des tendons. Les reliefs de son ossature s'accentuèrent. Des veines saillaient sur ses tempes. Deux serpents d'écume blanchâtre apparurent aux commissures de ses lèvres. L'esclave poussa un hurlement assourdissant. Avec une rapidité prodigieuse, il fonça sur un combattant qui s'était légèrement écarté des autres. L'adorateur d'Apophis conserva son sang-froid. Son poing énorme percuta le menton du frêle assaillant. Le coup fut si violent que les pieds de la victime quittèrent le sol. Avec la mollesse d'une poupée de son, l'esclave s'écrasa sur le sable de l'arène. Un ruisseau de sang jaillissait de sa bouche. Le bref silence qui suivit cette dérisoire attaque fut rompu par les rires gras et sonores des Hyènes. Le protégé de Merab bougea un peu la tête. Soudain, il s'étouffa. Lorsque, dans un bouillon écarlate, il cracha quelques dents, l'hilarité des adorateurs d'Apophis décupla. Celui qui avait asséné le coup ne partageait cependant pas la gaieté des autres. Les traits déformés par la douleur, le colosse fixait l'esclave d'un regard anxieux et incrédule. Abasourdi, il se retourna vers ses comparses en exhibant sa main droite. La dextre ensanglantée formait un angle insolite avec l'avant-bras : le poignet était fracturé. Les rires cessèrent aussitôt. Le combattant blessé serra les dents pour réprimer un gémissement. Ensuite, d'une voix blanche, il affirma :

— J'y ai mis toute ma force, les gars ! Vous savez à quel point je suis fort… Mon coup aurait pu assommer un bœuf. Je me suis brisé la main sur la mâchoire de cet insecte. C'est… c'est impossible! Ce type semble plus léger qu'un tas de brindilles. Pourtant, en le frappant, j'ai eu l'impression que mon poing heurtait un mur de pierre. Ma main est foutue… Je… je suis foutu…

— Il se relève, annonça l'une des Hyènes sur un ton légèrement angoissé.

En effet, sans chanceler et avec souplesse, l'esclave se redressait. Ses yeux noirs demeuraient impénétrables. Un voile sanglant maculait son menton, sa gorge et son torse. En hochant la tête, le sorcier Merab observa:

— Cette fois, il est vraiment fâché. Vous auriez dû en profiter tandis qu'il était par terre. Je vous avais pourtant avertis de ne pas hésiter…

Les hommes de Baka demeurèrent interdits. L'esclave écarta les jambes et ancra ses pieds dans le sable. Deux Hyènes firent le geste de s'avancer vers lui. À cet instant, le protégé de Merab effectua un bond inouï. Il s'éleva à dix coudées du sol pour franchir la distance qui le séparait de celui qui venait de le frapper. L'attaque fut prompte. L'adorateur d'Apophis n'eut aucune chance de se protéger. Le genou gauche de l'esclave l'atteignit au front. Sans un cri, le gaillard s'effondra. La créature de l'envoûteur roula sur le sable de l'arène. Elle se releva d'emblée pour faire face à ses ennemis. Un combattant s'était approché de son camarade inanimé. Ce dernier avait les yeux grands ouverts. Ses oreilles saignaient. De toute évidence, il était mort. Une rage sourde s'empara de la Hyène qui venait de faire cette inconcevable constatation. Le courage et la fierté des guerriers d'élite de Baka ne toléraient pas la prudence. Pour ces hommes, la peur était la plus répréhensible des émotions. L'adorateur d'Apophis ne perdit pas de temps. Il délaissa le cadavre pour foncer dans la direction de l'esclave assassin. Il avait la ferme intention de l'étrangler. En dépit de ce qu'il avait vu, rien ne pouvait ébranler la certitude qu'il avait de pouvoir rompre chacun des os de cet être rachitique. La créature de Merab rivait sur lui ses yeux de ténèbres. La Hyène en furie emporta ce regard dans son tombeau. L'esclave esquiva l'assaut en effectuant un pivot beaucoup trop rapide pour un être humain. Les doigts ouverts du colosse se refermèrent sur le vide. En constatant qu'il avait raté sa cible, le combattant eut à peine le temps de lâcher un râle de dépit. Il reçut un choc à la base du crâne, mais il n'en souffrit pas. Une lumière fulgurante occulta le décor autour de lui. Il sentit que quelque chose cédait dans son cou. Ce fut tout. Quand son corps toucha le sable, son âme évoluait déjà ailleurs. D'un seul coup de talon, la créature de l'envoûteur avait terrassé un second antagoniste.

C'en fut assez pour Baka. Trois autres Hyènes se précipitaient sur l'esclave. Le maître mit un terme à leur course en ordonnant :

— Ça suffit, les gars ! Ne vous approchez plus de ce démon ! Tu m'as convaincu, Merab ! Tu dois arrêter ta créature !

Le sorcier s'exécuta sans attendre. Il lança un ordre inintelligible. Aussitôt, l'esclave ferma les yeux et s'agenouilla. Les adorateurs d'Apophis avaient manifestement du mal à contenir la fureur qui les animait. L'un d'eux fit encore quelques enjambées dans le but évident de poursuivre l'attaque. Baka proféra :

— C'est terminé, imbécile ! Il faut m'obéir !

L'impétueux combattant n'était plus qu'à une coudée du chétif jeune homme. Son poing était dressé, prêt à s'abattre sur la tête de l'adversaire. Le colosse dut déployer un immense effort de volonté pour se plier aux exigences de son maître. Son bras puissant retomba en tremblant le long de sa cuisse. Il frappa ensuite le sol d'un pied rageur. Une gerbe de sable fouetta la figure de l'esclave qui ne broncha pas. L'ennemi de la lumière marmonna un juron. Le visage rouge de colère, il fit volte-face pour rejoindre ses compagnons. Le vieux sorcier Merab s'approcha de Baka. Un sourire sournois étirait ses lèvres rêches. À voix basse, il dit :

— Impressionnant, n'est-ce pas ?

Il s'agissait plus d'une évidence que d'une question. Sans regarder l'envoûteur, le maître acquiesça :

— Tu es très fort, Merab. Ta créature représente une arme redoutable. Je dois t'avouer que cela m'effraie… S'il fallait qu'elle échappe à ton contrôle…

La conversation se déroulait à l'écart des Hyènes. Ce fut en tutoyant le maître que Merab expliqua :

— Cet homme ne peut échapper à mon contrôle, Baka. Tu m'as donné un esclave de corps ; j'en ai fait un esclave de l'esprit. Sa pensée est morte. Il ne lui reste plus qu'un immense besoin de tuer.

— Ses membres sont maigres comme des bâtons. Où puise-t-il une telle force ?

— Chaque fibre de son être est sollicitée au-delà de ce qui est humainement tolérable. S'il ne hurle pas de douleur, c'est tout simplement parce qu'il ne ressent plus rien. Ses nerfs sont tendus comme la corde d'un arc. Ses muscles sont si compacts qu'un poignard aurait du mal à transpercer sa chair. Chacun de ses os a la solidité du granit. À chaque battement de ton cœur, le sien bat douze fois. Si tu le touchais, tu constaterais que ce type a la peau brûlante comme le sable du désert... Tu as bien raison, Baka. Cet esclave est devenu une arme formidable. Malheureusement, cette arme est éphémère. Dans une heure ou deux, cet homme périra. Son corps sera incapable d'en supporter davantage. Je ne disposais pas d'un très bon sujet. J'aurais eu besoin de temps pour le rendre plus endurant. Le processus est long. Avec un individu en bonne santé, il me serait possible de développer une créature beaucoup plus puissante que celle qui vient de tuer deux de tes meilleurs hommes. De surcroît, le corps d'un tel monstre pourrait tenir durant des mois... Il y a peu de temps, Baka, je t'ai demandé de livrer Hapsout à mes soins. Tu as emprisonné ce cloporte dans un cachot, et tu comptes lui faire payer les erreurs qu'il a récemment commises. Tu veux le torturer parce que sa sidérante stupidité a permis à l'enfant-lion de retrouver sa sœur... Je comprends ta colère. Elle est d'autant accentuée par le fait que ta propre sœur a osé te trahir... Sois sans crainte, Baka. Les hommes que tu as envoyés à la poursuite de Khnoumit vont bientôt la rejoindre. En ce qui concerne Hapsout, puisque sa bêtise n'a d'égale que la haine qu'il éprouve envers Leonis, tu dois me le confier. Au bout du compte, il sera quand même condamné à mort. Et lorsque, dans trois mois, je le lancerai sur la piste du sauveur de l'Empire, rien ni personne ne pourra l'arrêter.

— Très bien, Merab, fit le maître entre ses dents. Je te confierai Hapsout. Mais, durant ces trois longs mois, Leonis aura peut-être le temps d'achever sa quête. Il ne lui reste qu'un coffre à découvrir...

— Tes craintes ne sont pas vaines, approuva le sorcier. Seulement, ce garçon devra bientôt surmonter une terrible épreuve. Je m'apprête à lui tendre un piège, Baka. Comme tu le sais, une sorcière s'est alliée à Leonis. J'utiliserai cette femme pour mener l'enfant-lion en un lieu duquel il ne sortira jamais. Il est probable qu'il refusera de mordre à l'appât. S'il agit ainsi, il sauvera sa vie. Son cœur sera toutefois rongé par le regret. Le chagrin l'anéantira. Je n'ai aucun moyen de t'assurer que le sortilège que je prépare provoquera la mort du sauveur de l'Empire. Cependant, je peux t'affirmer que, s'il renonce à se jeter dans mon piège, il sera profondément torturé de ne pas l'avoir fait. Dans peu de temps, Baka, tes ennemis se répandront en larmes. Le désespoir imbibera

chaque pierre du palais royal de Memphis…
Chez les mortels, il existe une chose capable
de causer beaucoup plus de ravages que le pire
des maléfices. J'ai le projet de m'en servir pour
provoquer la perte de l'enfant-lion…

— Quelle est donc cette funeste chose,
vieillard?

— Je parle de l'amour, Baka. Cet insondable
et lamentable amour.

2
UN REPAS ROYAL

Ce soir-là, Leonis, Montu, Menna et Sia avaient partagé le repas du pharaon Mykérinos. Au moment de leur entrée dans ce qui était sans doute la plus luxueuse salle du palais royal de Memphis, le roi était déjà installé devant une longue table basse chargée de victuailles. Le némès[1] qui le coiffait, avec ses teintes mordorées de paysage aride, faisait un peu songer à la crinière d'un lion. Au-dessus de son front brillait un magnifique uræus[2] d'or aux yeux de grenat. Mykérinos portait une tunique sombre qui rehaussait la splendeur du large collier de lapis-lazuli qui couvrait sa poitrine. Rien n'avait été négligé pour mettre en évidence la magnificence et la majesté du fils de Rê. Toutefois, les traits anxieux, tristes et épuisés

---

1. NÉMÈS: NOM DE LA COIFFURE À RAYURES QUE PORTAIT LE PHARAON EN DEHORS DES CÉRÉMONIES.

2. URÆUS: COBRA DILATÉ. SYMBOLE DE LA BASSE-ÉGYPTE. LE ROI D'ÉGYPTE PORTAIT L'URÆUS AU-DESSUS DE SON FRONT.

de l'illustre personnage semblaient appartenir à un condamné. Son regard était sans éclat, comme si ses yeux étaient recouverts d'une buée de poussière, et chacun de ses faibles et rares sourires avait l'air douloureux.

Introduits dans la vaste pièce par un courtisan, le sauveur de l'Empire et ses compagnons avaient cérémonieusement salué le pharaon. Avant de les convier à s'asseoir, le maître des Deux-Terres[3] leur avait adressé quelques paroles cordiales. Ensuite, pendant toute la durée du repas, aucun mot n'avait été échangé entre l'hôte et ses invités. De talentueux musiciens avaient charmé les oreilles des convives. Des danseuses longilignes et souriantes étaient venues accorder leurs voluptueux mouvements aux sons entremêlés de la harpe, de la flûte et du sistre. Une douzaine de jeunes servantes veillaient à ce que les plats de faïence et les gobelets d'or fussent toujours remplis. Elles étaient vêtues de robes blanches et légères. De frémissantes résilles de perles colorées voilaient leurs épaules. Dans le lacis de leur chevelure tressée étaient nichés des cônes d'onguent parfumé.

Le faste de ce banquet avait tout pour susciter le ravissement de l'enfant-lion et de ses

---

3. LES DEUX-TERRES : LE ROYAUME COMPORTAIT LA BASSE-ÉGYPTE ET LA HAUTE-ÉGYPTE ; LE PHARAON RÉGNAIT SUR LES DEUX-TERRES.

amis. La figure morose du roi venait cependant assombrir cette ambiance de fête. Le silence obstiné de Mykérinos, que les aventuriers, par respect, n'avaient pas cherché à rompre, semblait précéder quelque navrante nouvelle. C'était donc en éprouvant un certain malaise que les invités avaient participé à ce festin royal. La brave Sia, qui, après plus de deux siècles d'exil, eût dû s'émouvoir de la splendeur du décor qui l'entourait, ainsi que de l'extraordinaire variété de mets qui défilaient devant ses yeux, faisait montre d'une étrange indifférence. En outre, elle n'avait presque rien mangé. Tout au long du repas, d'un regard détaché et en affichant un vague sourire, elle avait observé le groupe de musiciens. Mais, en voyant que, de temps à autre, les traits de la sorcière d'Horus se contractaient, Leonis avait vite compris que sa nouvelle alliée s'affairait à sonder les pensées du pharaon.

Près de deux heures après l'arrivée de Leonis, de Montu, de Menna et de Sia, le maître des Deux-Terres sortit enfin de son mutisme. En premier lieu, il s'assura que tous les sens des convives avaient été satisfaits. Ceux-ci répondirent par l'affirmative. La table fut aussitôt débarrassée des nombreux plats qui l'encombraient. Pharaon se leva. Il congédia les musiciens et adressa quelques ordres brefs au courtisan qui, précédemment, avait accueilli les invités. Quelques instants plus tard, tous les domestiques avaient quitté la salle. Mykérinos se retrouvait tout à fait seul en compagnie de Leonis et de ses compagnons. Son noble visage était devenu encore plus sombre. Il s'assit de nouveau et s'accorda un long moment de réflexion. D'une voix étouffée par le désarroi, il déclara :

— Je sais que je t'ai déçu, enfant-lion. En te remplaçant, je suis allé à l'encontre de la volonté des dieux. Par ma faute, des hommes sont morts. Des enfants seront privés de leurs pères et des femmes pleureront leurs époux. Et toi, sans hésiter, et malgré mon ingratitude, tu as gagné le temple de Sobek[4]. Tu as répondu à l'appel désespéré d'un roi qui, sans réfléchir, t'avait écarté de ta divine tâche. Tu as vaillamment enjambé les cadavres de ceux qui t'avaient précédé entre les murs de ce lieu maudit. Tu as affronté les forces maléfiques qui hantaient ce tombeau et, une nouvelle fois, tu as triomphé. Le troisième coffre est entre nos mains… Je n'implore pas ton pardon. Je ne le mérite pas. Je tiens cependant à t'assurer que je ne commettrai plus l'erreur de confier à d'autres la mission qui t'incombe. Tu es l'élu des dieux. Tu es mon égal. Sache que, désormais, par ma bouche, tout te sera accordé.

---

4. VOIR TOME 8. *LES GARDIENS D'OUTRE-TOMBE.*

Leonis songea à la princesse Esa. À côté d'elle, toutes les richesses du royaume d'Égypte étaient sans intérêt. Il jugeait néanmoins que le moment n'était pas encore venu de demander la main de celle qu'il aimait. En lui octroyant un tel privilège, Mykérinos soulèverait assurément la colère du clergé et du peuple. Esa était destinée à épouser un homme de son rang. Or, en dépit des paroles du fils de Rê, le sang des rois ne coulerait jamais dans les veines de l'enfant-lion. Pour que la belle Esa devînt la compagne de ce dernier sans compromettre le règne de son père, il eût fallu que l'adolescent fût issu de la lignée des pharaons. Ce problème semblait incontournable. Pourtant, le cœur du sauveur de l'Empire était comblé d'une nouvelle espérance. Les dernières affirmations du souverain l'incitaient à croire que son doux rêve pourrait se réaliser. Il répondit avec assurance:

— Lorsque je quitterai ce palais, Pharaon, j'ai l'intention d'emporter un inestimable trésor. Mais, avant de vous demander quoi que ce soit, je tiens à achever ma quête. Vos mots ont touché mon cœur, mais je ne saurais prétendre être votre égal, ô Roi! Car nul n'est l'égal du fils de Rê! Nous devons prier pour le repos des âmes de tous ceux qui sont morts dans l'annexe du temple de Sobek. Les esprits qui ont tué le commandant Neferothep et ses hommes méritent également d'évoluer en paix dans le royaume des Morts. Autrefois, avant que le roi Khéops ne les condamne à une fin atroce, les gardiens veillaient avec dévouement sur le troisième coffre.

— Le grand prêtre Ankhhaef m'a raconté cette triste histoire, Leonis. Les momies des gardiens et de leurs apprentis reposeront bientôt dans une sépulture qui sera digne d'eux…

Le pharaon posa son regard sur la sorcière. Il inclina légèrement la tête. Sa voix tressaillit lorsqu'il la salua :

— Sois la bienvenue à Memphis, Sia. Sans tes talents de guérisseuse, le sauveur de l'Empire serait sans doute mort. Tu as chassé le mal virulent qui l'a terrassé dans l'annexe du temple de Sobek. Quand l'enfant-lion est revenu à Memphis, après son long séjour dans le désert, il a affirmé que tu étais une puissante sorcière. Je dois t'informer que, dans mon entourage, la sorcellerie est une chose plutôt… mal vue. En vérité, je suis dans l'impossibilité de croire en l'existence des pouvoirs que tu es censée posséder. Mais, étant donné que Leonis et ses braves compagnons ont traversé le désert dans le but que tu te joignes à eux, et puisque le sauveur de l'Empire estime que, pour achever sa quête, il est primordial que tu évolues à ses côtés, je t'assure que la légitimité de ta présence dans l'enceinte de ce palais ne sera jamais remise en cause… Je te demande simplement de demeurer discrète. Les prodiges des dieux sont les seuls que je puisse admettre. On verrait d'un très mauvais œil le fait qu'une enchanteresse côtoie Pharaon.

Sia hocha la tête. Une ombre de déception assombrissait son visage. Le regard rivé sur ses mains, elle soupira:

— Puis-je répliquer à vos paroles, ô Roi?

Mykérinos fit oui de la tête. La sorcière déclara:

— En pénétrant dans cette salle, je savais déjà que ma présence dans l'enceinte de la grande demeure vous embarrassait. Je savais aussi que vous ne m'accorderiez pas l'occasion de vous prouver ma force. Je n'ai guère le désir de vous éblouir, Pharaon. Mais j'aurais aimé gagner votre confiance… Je voudrais utiliser ma magie afin de vous protéger des envoûtements du terrible sorcier qui a rejoint les rangs de vos ennemis. Vous êtes en danger. Les vôtres le sont aussi. Il me suffirait de…

— Je ne pourrais pas accepter une telle chose, Sia, l'interrompit doucement le souverain. Je suis le fils de Rê. Je commettrais un sacrilège en reniant la protection des divinités pour me soumettre à celle d'une sorcière. Si j'agissais ainsi, je trahirais le divin Rê en lui démontrant l'insuffisance de ma foi. Le dieu-soleil me protégera. Il veillera également sur les miens.

— Pourtant, intervint Leonis, vous êtes capable d'admettre le fait que cette femme m'a sauvé la vie.

— Je ne doute pas de la science de Sia, enfant-lion. Cette femme est sans aucun doute une excellente guérisseuse. Il existe, dans certains temples de l'Empire, des prêtres et des prêtresses qui opèrent fréquemment de prodigieuses guérisons. Il n'y a rien de magique dans leurs interventions. Ils doivent leurs succès à leur immense savoir.

La sorcière d'Horus demanda:

— Est-ce que les savants de vos temples possèdent aussi la faculté de lire dans les pensées, Pharaon?

— Je ne le crois pas, Sia, répondit le roi avec un sourire hautain. Seules les divinités peuvent sonder l'esprit d'un mortel. À mon avis, ceux qui prétendent posséder un semblable pouvoir ne sont que des menteurs.

La femme émit un rire cristallin. Elle ajusta un pli de sa robe et lança:

— Vous avez sans doute raison, Majesté. Je me trompe certainement en croyant que je suis capable de lire dans les pensées des gens. Ainsi, durant le repas, j'avais la conviction de sonder votre âme. Je me suis imaginé que vous songiez à un médaillon que vous comptiez bientôt offrir à votre grande épouse Khamerernebty. Dans ma tête de folle, il s'agissait d'un objet magnifique : un lourd scarabée de turquoise aux ailes dorées. Je vous ai entendu penser que l'orfèvre chargé de sa conception avait pris un peu de retard, mais, bien sûr, tout cela n'était que le produit de mon imagination. Ensuite, croyez-le ou non, j'ai eu l'audace de me représenter un gamin nommé Nebniout. Il s'agissait de l'un de vos nombreux cousins. Dans mon rêve éveillé, ce garçon partageait vos jeux d'enfance. Son image a à peine effleuré votre esprit. Malgré tout, j'ai pu percevoir votre intention d'aller un jour le visiter dans le nome[5] du Lévrier qu'il gouverne aujourd'hui… Mais cela ne peut pas être vrai, n'est-ce pas, Pharaon ? Je suis désolée. Je ne suis qu'une vulgaire guérisseuse qui joue les sorcières.

Le sang avait quitté le visage de Mykérinos. Il fixait l'enchanteresse d'un air stupéfait. Il déglutit et bredouilla :

— Tu… tu n'es…

— Je ne suis pas humaine, compléta Sia. C'est ce que vous alliez dire, Pharaon. Si cela

---

5. NOME : DIVISION ADMINISTRATIVE DE L'ÉGYPTE ANCIENNE.

peut vous rassurer, sachez que je suis de la race des hommes. Si j'ai pris la liberté de vous prouver que je pouvais sonder vos pensées, c'est que je savais que quelque chose en vous désirait croire en ma puissance. Vous vous refusez de l'admettre, cependant; comme vous tentez, depuis des semaines, de vous convaincre que le sorcier Merab n'a pas les facultés que l'enfant-lion lui prête. Toutefois, chaque fois que vous songez à cet envoûteur, l'angoisse vous étreint. Je dois vous avouer que je suis bien faible en comparaison de Merab. J'ignore où il se trouve, mais lui, il sait où je suis. Leonis, Montu et Menna sont protégés de ses envoûtements. Si vous refusez ma protection, laissez-moi au moins préserver les vôtres de sa magie…

Mykérinos serrait les dents. Il hocha vivement la tête de gauche à droite avant de riposter:

— Il m'est interdit de commettre un tel sacrilège! L'œil de Rê est sur moi! L'Empire est en péril parce que j'ai déjà provoqué la colère du dieu-soleil! Je ne veux pas ajouter à son courroux! Je dois lui accorder toute ma foi! Rê est plus puissant que Merab! Je laisse ma vie et celle des miens entre ses mains divines. Il… il nous protégera…

Le souverain avait baissé la tête. Il semblait au bord des larmes. Il se réfugia dans un long silence méditatif. Lorsqu'il leva enfin les yeux, le jeune soldat Menna avança à voix basse :

— La magie de Sia pourrait tout de même nous être utile, Pharaon. Les adorateurs d'Apophis ont attaqué quelques villages dans le delta. Il y a deux jours, j'ai rendu visite à mon père. Il compte de nombreux amis parmi les pêcheurs. Les hommes du Nil sont très inquiets. La vengeance couve dans leur cœur. Ils doutent de la compétence de vos armées… Ils ont l'intention de se défendre seuls. Nos combattants ne parviennent pas à les protéger efficacement. Il y a des traîtres dans les rangs des soldats du royaume. Ce sont ces scélérats qui informent Baka des faits et gestes de nos troupes. Si tous les soldats des armées d'Égypte défilaient devant Sia, elle pourrait sans mal démasquer ceux qui nous trahissent. Elle pourrait même parvenir à découvrir l'endroit où se terre l'ennemi.

— Ce n'est pas bête, Menna, observa le maître des Deux-Terres. Cette femme vient de me prouver hors de tout doute qu'elle peut lire dans les pensées. J'en frissonne encore. Toutefois, la tâche de démasquer tous ces traîtres qui affaiblissent nos armées serait longue et ardue. Pour y arriver, Sia devrait sonder les âmes de plusieurs milliers d'hommes. Il nous faudrait des mois pour convoquer chacun des soldats qui servent dans les troupes du royaume. De surcroît, un tel mouvement de combattants serait fort difficile à gérer… Et puis, après avoir mis la main sur quelques-uns de ces traîtres, les autres verraient que nous avons découvert un moyen de les confondre. Ils déserteraient… Par contre, si nous pouvions savoir où se cache Baka…

Montu s'exclama :

— Sia devrait rencontrer l'adorateur d'Apophis qui a été fait prisonnier dans les ruines du temple de Ptah ! Vous vous souvenez, les gars ? C'était un archer ! Les pensées de cet homme pourraient sans doute indiquer à la sorcière d'Horus l'endroit où est situé le repaire des ennemis de la lumière !

Le roi fit un geste de la paume pour apaiser l'enthousiasme de Montu. Sur un ton las, il annonça :

— Cet homme est mort durant votre absence, Montu. Il s'est laissé mourir de faim et de soif. Il a subi les tourments que ses gardiens lui ont infligés sans rien avouer. Les guerriers de mon cousin Baka sont vraiment très endurants…

— Il… il a été… tor… torturé, bégaya Leonis.

— Les adorateurs d'Apophis n'ont aucun scrupule, rappela Mykérinos. Ces scélérats ont attaqué des villages et n'ont épargné personne ; pas même les vieillards, les femmes et les enfants. Les scènes horribles que l'on m'a décrites troubleront longtemps mon sommeil. Si je l'avais pu, j'aurais moi-même molesté ce prisonnier…

Leonis ferma les yeux. Il avait envie de dire au roi qu'il ne servait à rien de répondre à la violence par la violence. Seulement, devant la cruauté des ennemis de la lumière, un tel argument eût été grotesque. Menna poursuivit la conversation :

— Le vaillant commandant Neferothep n'est plus de ce monde, Pharaon. J'ignore s'il vous a mis au courant du projet que nous voulions vous soumettre, lui et moi.

— De quoi s'agissait-il ? fit Mykérinos en fronçant les sourcils.

— Nous comptions former un corps de guerriers destiné à affronter les adorateurs du grand serpent. Il y a très longtemps que le sang de la guerre n'a pas été versé sur la terre d'Égypte. La plupart des soldats de l'Empire n'ont jamais combattu ailleurs que dans les aires d'entraînement. Lorsque nous connaîtrons l'emplacement du repaire des ennemis de la lumière, nous devrons livrer un assaut implacable. Il faudra être vif et discret : un trop grand déplacement de troupe alerterait nos adversaires. Ils pourraient nous échapper. Neferothep estimait que moins de cinq cents soldats seraient suffisants pour vaincre les hordes de Baka. Ces guerriers seraient formés dans un ancien camp militaire situé dans le Fayoum. Grâce aux facultés de Sia, nous serions assurés de la loyauté des hommes que nous choisirions. Bien entendu, nous ne prendrions que les meilleurs. Les combattants d'élite de Baka sont adroits et aguerris.

Le souverain réfléchit un instant. Ses doigts soignés tambourinaient sur le bois de la table basse. Soudain, sa figure s'éclaira. Il heurta la table d'un poing résolu et dit:

— C'est une excellente idée, Menna. Je ferai en sorte que ce projet se concrétise. Neferothep ne m'a rien révélé à ce sujet. Il attendait peut-être votre retour, qui sait? Je vais réunir quelques-uns de mes hommes de guerre les plus dévoués. Ils t'aideront à rassembler cette petite armée. Ils seront les seuls à connaître notre résolution. Je tiens à ce que l'existence de cette troupe demeure secrète. J'estime que la discrétion sera notre meilleure alliée. Bien entendu, Menna, ce corps d'élite sera placé sous ton commandement.

Le jeune soldat sursauta et s'étouffa presque:

— Je... je commanderai ces hommes, Pharaon?

— En effet, mon brave. Ce rôle te revient. Tu as l'étoffe d'un chef. Le défunt Neferothep m'a souvent parlé de toi. Il t'admirait. Au cours des prochaines semaines, nous ferons en sorte de réunir tes soldats. Lorsque cela sera fait, tu pourras désigner ceux qui, durant ton absence, superviseront l'entraînement. Car tu dois encore assurer la protection du sauveur de l'Empire. Le troisième coffre ne sera ouvert qu'au moment où Leonis en exprimera le désir. Avant de songer à attaquer les adorateurs d'Apophis, il faudra que les trois derniers joyaux de la table solaire soient entre nos mains. Il ne reste qu'un coffre à découvrir pour livrer l'offrande suprême au dieu-soleil…

Mykérinos posa les yeux sur Leonis. Il joignit les paumes et prit un air grave pour affirmer :

— Tu as toute ma confiance et mon respect, enfant-lion. Puisque Sia peut lire dans mon esprit, elle peut t'assurer que je ne mens pas. Bientôt, nous célébrerons la réussite de ton importante mission. Cela dit, mes chers amis, je crois que le moment est venu de vous reposer un peu. Avant de partir à la recherche du quatrième et dernier coffre, je vous exhorte à prendre au moins un mois de répit. Vous l'avez grandement mérité.

3

LES CHERCHEURS
DE TRÉSORS

Le soir tombait. Dans la salle principale de la luxueuse maison de Leonis, la lumière cuivrée et changeante de quelques lampes à huile faisait danser les ombres. Étendu sur des coussins, le sauveur de l'Empire souriait. À trois coudées de lui, sa petite sœur Tati s'évertuait à faire comprendre à Baï, un jeune chien au pelage fauve, que les sandales n'étaient pas faites pour être mangées. La fillette roulait des yeux exaspérés. En parlant, elle exhibait la preuve irréfutable du méfait : un morceau de cuir informe, mâchouillé et luisant de bave. Le coupable était assis sur son arrière-train. Ses oreilles étaient dressées et sa queue en trompette fouettait l'air. Ses grands yeux sombres, dans lesquels on ne décelait rien d'autre qu'une extrême gaieté, suivaient avec convoitise le débris de chaussure qu'agitait Tati. Voyant que ses reproches n'avaient aucun effet sur l'animal, la petite abdiqua. Elle redonna la sandale au chien et haussa les épaules en soupirant. Elle se tourna ensuite vers la servante Mérit qui avait observé la scène en réprimant un fou rire. Sur un ton dépité, Tati lança en grognant:

— Ce chien ne comprend rien. Cette semaine, il a gâché deux de mes paires de sandales. Quand je le gronde, il croit que je veux m'amuser.

— Baï est incorrigible, commenta Mérit. Ce chien est ici depuis des mois. Je n'ai pourtant pas réussi à lui faire perdre cette vilaine manie. Ne t'ai-je pas déjà conseillé de mettre tes sandales dans ton coffre de cèdre, ma belle Tati?

— Si, Mérit, mais j'oublie parfois de le faire. Et puis, je n'aime pas trop les sandales. Elles me blessent. Alors je les retire souvent et je les abandonne un peu partout dans la maison. J'ai longtemps marché pieds nus. Les esclaves ne portent pas de sandales. C'est la belle Khnoum…

Tati avait plaqué une main sur sa bouche. Elle avait failli prononcer un nom qu'elle avait promis de garder secret. Elle croisa le regard de son frère qui l'observait avec mansuétude.

D'une voix tendre, l'enfant-lion tenta de la rassurer :

— Sois tranquille, Tati. Si, par mégarde, tu nous faisais connaître le nom de cette femme que tu veux protéger, je t'assure que ce renseignement ne quitterait pas cette maison. De plus, je ne crois pas que nous pourrions la retrouver juste en sachant son nom. Il nous faudrait plus de détails.

La petite hocha la tête. Ses yeux se mouillèrent et ses lèvres dessinèrent une moue discrète. Elle s'approcha de Leonis. Son frère l'enlaça en chuchotant :

— Cette femme te manque, n'est-ce pas, ma belle ?

— Oui, Leonis… Je suis très heureuse de vivre ici, avec toi. Mérit et Raya sont mes amies. Elles m'apprennent beaucoup de choses. Montu me fait bien rire. Menna est très gentil, même s'il a l'air trop sérieux. J'aime bien Sia, aussi. En plus, j'ai maintenant un chien. Baï mange toutes mes sandales. Montu dit que cet animal est stupide comme une carafe, mais, chaque nuit, Baï dort dans mon lit… Chez la dame qui m'a recueillie, j'avais toujours peur de retourner dans l'atelier du maître Bytaou. Elle me disait que c'était impossible, mais j'avais peur quand même, car je voyais que cette femme s'inquiétait pour moi. Je me doutais que je ne pourrais pas habiter longtemps dans sa demeure, et je ne voulais pas redevenir une esclave. Ici, je n'ai presque plus peur… Je suis bien avec toi, Leonis. Je sais que je suis en sécurité et que je suis vraiment libre. Seulement, tu as raison : cette femme qui m'a protégée me manque. Elle est sûrement très triste depuis que je suis loin d'elle. J'aimerais lui montrer cette maison. Je voudrais qu'elle voie que je suis heureuse.

— Je suis sûr qu'elle le sait, fit l'adolescent en embrassant les cheveux de sa sœur. Sinon, elle ne t'aurait pas laissée partir. Je suis enchanté d'apprendre que tu n'as presque plus peur, avec moi. Toutefois, je préférerais que tu n'aies plus peur du tout. Dis-moi ce qui t'inquiète encore, Tati…

— Tu le sais bien, Leonis… J'ai peur pour toi… Raya et Mérit ont d'abord essayé de me faire croire que tu étais un scribe. Tu m'as ensuite avoué que ce n'était pas vrai. Je sais que des gens te veulent du mal. Alors, je m'inquiète. Quelques jours après nos retrouvailles, tu es parti en me promettant de revenir vite. Tu n'es revenu qu'une semaine plus tard. Tes pieds étaient recouverts de bandelettes comme ceux d'une momie…

— Ce n'était pas trop grave, Tati. Comme je te l'ai déjà dit, ce n'était qu'une infection.

N'importe qui peut avoir une infection aux pieds. Surtout les gens qui, comme toi et moi, ne supportent pas les sandales. Étant donné je ne pouvais pas marcher, j'ai dû attendre avant de rentrer à Memphis. Je souffre encore un peu, mais mes pieds sont presque complètement guéris. Mes blessures n'avaient rien à voir avec ces gens qui me veulent du mal. Je suis là, avec toi, et je vais très bien.

Tati exhala un soupir et se laissa choir sur un coussin. Avec une pointe d'impatience dans la voix, elle rétorqua :

— Bien sûr, Leonis. Tu es là… Mais tu me caches des choses. J'ai peur que tu partes et que tu ne reviennes plus. Il y a des hommes qui veulent te tuer. Pourquoi ? Es-tu un soldat ?

— Je ne suis pas un soldat, ma douce Tati.

— Pourtant, j'ai vu un arc, des flèches et des lances dans ta chambre… Es-tu un chasseur ? Je serais très déçue si tu tuais des animaux.

— Je n'oserais même pas tuer une grenouille, affirma l'enfant-lion en riant. Tu as le droit de penser que la chasse est cruelle, mais les hommes qui la pratiquent n'ont habituellement pas l'intention de faire souffrir les bêtes. Ils le font dans le but de nourrir les gens. De toute manière, Tati, si j'étais un chasseur, cela n'expliquerait pas pourquoi certaines personnes me veulent du mal. Pour ce qui est de mes armes, je ne les utilise que pour m'entraîner sur des cibles de bois. Ce n'est qu'un jeu…

— Dis-moi ce que tu es devenu, Leonis. Tu es tout ce qui me reste… Si je risque de te perdre encore, je veux savoir pourquoi. Notre père Khay et notre mère Henet sont partis très vite. Un matin, nous nous sommes réveillés et ils étaient morts. Nous n'étions pas prêts…

— Personne n'est prêt à vivre ce genre de chose, Tati.

— Pourquoi es-tu en danger, Leonis? Je veux te connaître, mon frère. Quand je prie la déesse Isis, je veux savoir ce que je dois lui demander pour qu'elle te protège bien…

Leonis haussa les épaules. Sa sœur l'interrogeait souvent au sujet de sa mystérieuse existence dans l'entourage de Pharaon, et il en avait assez de se défiler devant ses questions. Tati était déjà au courant que la vie de son frère n'était pas exempte de danger. Il ne servait donc à rien de nier cette évidence. Certes, Leonis ne pouvait pas lui avouer qu'il était le sauveur de l'Empire. Mais, étant donné que la petite savait qu'il avait des ennemis, il lui importait de justifier cette réalité. En outre, dans peu de temps, l'adolescent devrait se lancer à la recherche des trois derniers joyaux de la table solaire. Si ce voyage se révélait aussi périlleux que les précédents, ses compagnons et lui risqueraient de nouveau leur vie. Il était possible que ce périple s'éternisât, et Tati devait être préparée à vivre, sans trop de tourments, une longue séparation. Le sauveur de l'Empire avait déjà songé aux motifs qu'il invoquerait pour chasser les oppressantes incertitudes de la fillette. Sans trop s'écarter de la vérité, il lui fit ces confidences:

— Je suis chercheur de trésors, ma belle… Pharaon m'a demandé de retrouver quatre coffres. C'est ma mission. Il y a des gens qui ne veulent pas que je l'accomplisse, car ils aimeraient bien posséder ces coffres. C'est la raison pour laquelle ils cherchent à me faire du mal. Mais ils ne peuvent rien contre moi, Tati. Je suis très bien protégé. Tellement que, puisque ces vilains hommes ne pouvaient pas m'atteindre, ils ont décidé de partir à ta recherche. Les soldats de Pharaon tentaient également de te retrouver, mais ils n'ont pas été assez rapides. Mes ennemis t'ont enlevée de l'atelier de Bytaou dans le but de me causer du chagrin. Ils ont réussi. J'ai eu beaucoup de peine en apprenant que tu étais leur prisonnière. Heureusement, une gentille dame a pris soin de toi. Elle t'a libérée et tu es venue me rejoindre… Il ne me reste qu'un coffre à découvrir. Je devrai peut-être entreprendre un long voyage pour parvenir jusqu'à lui. Si cela arrivait, je ne voudrais pas que tu t'inquiètes pour moi. Mon existence n'est pas aussi tranquille que celle d'un scribe, mais je m'en sors bien. J'ai déjà rapporté trois coffres à Pharaon et, comme tu peux le voir, je suis en parfaite santé. Je repartirai dans un mois, environ. Montu, Menna et Sia m'accompagneront. Tu resteras ici avec Raya et Mérit. Tu dormiras avec ton chien et tu tâcheras de le corriger de la mauvaise habitude qu'il a de dévorer les sandales. Lorsque je reviendrai, ma mission sera terminée. Je ne partirai plus.

Tati prit la main de son frère. Elle esquissa un sourire reconnaissant puis déclara :

— Merci, Leonis. Maintenant, je peux comprendre pourquoi nous habitons ici… Chercheur de trésors… C'est joli, mais c'est sûrement un peu dangereux… Je vais donc continuer à m'inquiéter pour toi. Tu as quand même des ennemis, non ? Dis-moi, qu'est-ce qui se passerait si tu ne trouvais pas le prochain coffre ? Est-ce que Pharaon serait très fâché ?

Leonis n'éprouvait aucun désir d'avouer à la fillette que la survie du monde dépendait de sa réussite. Son échec signifierait la fin imminente de la glorieuse Égypte. Et, si jamais le cataclysme promis par Rê devait se produire, le sauveur de l'Empire tenait à ce que sa petite sœur, qui avait déjà connu son lot souffrances, passât les dernières années de sa vie dans la paix et le bonheur. Il répondit:

— Pharaon ne serait pas fâché, Tati. Il serait seulement très déçu. Ces coffres ont beaucoup d'importance pour lui.

— L'autre jour, étais-tu parti à la recherche d'un coffre?

— Oui, ma belle. Et je l'ai trouvé. Ça n'a pas été trop difficile. Si je n'avais pas marché pieds nus sur un sol malpropre, je serais vite revenu. Tu vois combien il est important de porter des sandales.

Montu venait de faire son entrée dans la salle principale. Sur un ton moqueur, il répliqua aux dernières paroles de l'enfant-lion:

— Des sandales! Quelles vilaines choses! Si nous en avions vraiment besoin, nous serions nés avec! La vérité, ma belle Tati, c'est que ton grand frère n'a pas su résister à l'envie de piétiner de la crotte de chauves-souris. C'est pour cela que ses pieds sont devenus gros comme des melons! Leonis a parfois de drôles d'idées!

— C'est vrai, Leonis ? s'écria Tati en riant. Tu as marché dans de la crotte ?

— C'est bien vrai, avoua l'enfant-lion. Grâce à ce cher Montu, tu peux constater qu'il arrive de drôles d'aventures aux chercheurs de trésors… Par contre, il ne faut pas écouter ce que ce farceur raconte à propos des sandales. J'ai la certitude que c'est lui qui a dressé Baï à les détruire…

— Je ne connais presque pas ce chien ! se défendit Montu.

— Et c'est beaucoup mieux ainsi, intervint Mérit. Cette bête est déjà assez agitée comme cela. Au fond, je crois que c'est l'instinct de survie qui pousse Baï à dévorer les chaussures. Il s'habitue peu à peu à ne manger que cela. Il doit ressentir que, lorsque Montu se trouve dans les parages, les réserves de nourriture risquent de s'épuiser rapidement. Puisque les sandales sont l'une des rares choses que Montu ne mange pas dans cette demeure, Baï sait qu'il n'aura pas à les partager avec ce gourmand.

La remarque provoqua l'hilarité de Leonis et de Tati. Montu passa une main dans ses longs cheveux aux reflets roux. En affectant la tristesse, il jeta :

— Tu es trop cruelle, Mérit. Moi qui, dans chaque dune du désert, voyais la forme de l'un de tes excellents gâteaux ! Moi qui, en observant la lune, retrouvais la rondeur dorée de tes pains d'épeautre ! Et, tandis que le soleil brûlait ma peau, je songeais à ton succulent canard rôti ! Je n'ai jamais cessé de penser à toi, Mérit ! Mon ventre en pleurait !

Le visage de la servante s'empourpra. Elle se leva brusquement et braqua sur Montu un regard étincelant de colère. En serrant les poings, elle proféra :

— Tu ne peux pas toujours être drôle, Montu ! Et en ce moment, je ne te trouve pas drôle du tout !

La servante n'ajouta rien. Devant le regard étonné des occupants de la vaste pièce, elle se propulsa vers l'escalier menant à la terrasse. Baï, qui, couché dans un coin, rongeait paisiblement son morceau de cuir, renonça d'emblée à l'objet pour s'élancer en aboyant aux trousses de la jeune fille. Montu avait ouvert les bras en signe d'impuissance. Stupéfait, il demanda :

— Qu'ai-je dit de si blessant ? Elle s'est moquée de ma gourmandise et j'ai voulu en rajouter. C'était pour rire. Tu as entendu, Leonis. Je n'ai rien dit de mal... Je ne voulais pas l'offusquer...

Le sauveur de l'Empire se gratta la tête avec application. Il afficha une moue indécise pour avancer :

— Je me trompe peut-être, Montu, mais je crois que Mérit désirait t'entendre parler d'autre chose. Tu viens de lui affirmer que seuls les plats qu'elle prépare ont de l'importance à tes yeux. Si tu veux mon avis, c'était très maladroit… Mérit et Raya sont des domestiques, mais, s'il n'en tenait qu'à moi, elles cesseraient de besogner ainsi. Les jumelles sont avant tout nos amies.

— Je suis tout à fait d'accord avec toi, Leonis, approuva Montu d'un air embarrassé. J'ai dit ça pour rire… et aussi pour complimenter Mérit. Est-ce si mal de dire à quelqu'un qu'on apprécie ses talents?

— Sûrement pas, Montu, répondit l'enfant-lion. Mais, d'après moi, Mérit aurait voulu savoir que, durant ta longue absence, tu as vraiment pensé à elle et non pas aux gâteaux qu'elle confectionne… C'est pourtant facile à voir, mon vieux; tu occupes une place particulière dans son cœur. Au fait, pendant que nous étions retenus dans l'oasis de Sia, ne m'as-tu pas avoué que tu l'aimais aussi? C'est parce qu'elle t'aime qu'elle est fâchée contre toi, mon pauvre Montu. Va la rejoindre, maintenant. Il n'est pas trop tard pour dissiper ce malentendu.

Montu acquiesça en silence. Il hésita un moment puis, la tête enfoncée dans les épaules, il prit à son tour la direction de l'escalier. Leonis murmura à l'oreille de Tati:

— Montu est aussi un chercheur de trésors, ma belle. Il m'aide dans ma mission. Mon ami ne s'en rend peut-être pas compte, mais, crois-moi, le plus merveilleux trésor qu'il puisse découvrir l'attend là-haut... Ce soir, j'ai le sentiment que Mérit et Montu trouveront les étoiles encore plus belles que d'habitude.

4

LES AVEUX

L'obscurité baignait la terrasse. Malgré la proximité des jardins, la brise discrète ne répandait dans l'air qu'une vague odeur de poussière. En cette période de sécheresse, il suffisait de humer le vent pour savoir que la terre d'Égypte avait soif. Au loin, le crépuscule rayait l'horizon d'un dernier ruban d'or. Montu plissa les paupières. En trottinant, Baï vint plaquer sa truffe mouillée contre sa paume ouverte. Montu essuya sa main en caressant la tête du chien. Ensuite, il scruta la pénombre et repéra la silhouette de Mérit. Elle était appuyée à la rambarde de pierre qui ceinturait la terrasse. Le garçon s'approcha d'elle. Durant un long moment, les jeunes gens n'osèrent pas rompre le silence du soir. Mal à l'aise, Montu cherchait les mots pour entreprendre la conversation. La servante lui vint en aide en murmurant :

— Je suis désolée, Montu. J'ai mal agi.

— C'est à moi de m'excuser, Mérit… Il faut que tu saches que je n'ai pas voulu te blesser. Nous avons l'habitude de plaisanter, toi et moi. Tu t'es moquée de moi et je n'ai pas pu m'empêcher d'entrer dans le jeu.

— Je n'aurais pas dû me moquer de toi, Montu. Tu es un ami de Leonis. Tu dois donc être traité en maître dans cette demeure… Tes paroles auraient dû faire ma fierté : tu as vanté mes qualités de cuisinière. Si, au contraire, tu m'avais réprimandée, je n'aurais pas eu davantage le droit de m'emporter comme je l'ai fait. Je n'ai pas été éduquée ainsi. Ma réaction était indigne d'une domestique de la cour.

Montu demeura abasourdi. Il s'accouda à la rambarde pour réfléchir aux paroles de Mérit. Après un moment, il lâcha un rire bref. Sur un ton amusé, il dit :

— Tu te moques de moi, Mérit. Tu veux que je me sente honteux parce que tu es sans doute encore en colère. Dans cette maison, nous sommes tous des amis. Tous les deux, nous le savons très bien… Je t'en prie, cesse de faire la tête et pardonne-moi.

— Je ne boude pas, Montu. Je suis réellement confuse d'avoir réagi de la sorte… Leonis, Menna et toi m'avez offert votre amitié. En vous côtoyant, j'ai oublié les règles que m'impose ma tâche. Il en va de même pour ma sœur Raya. Mon père Anoupou serait furieux s'il savait comment nous nous comportons avec nos maîtres. Nous avons désappris certains des principes qu'il a tant veillé à nous inculquer. Nous devons nous ressaisir, maintenant. Je dois en discuter avec ma jumelle. Nous ne pouvons pas continuer comme cela.

Montu soupira. Il claqua de la langue et lança :

— Tu as gagné, Mérit. Arrête de parler ainsi, car je commence à me sentir très coupable. Tu avais le droit de répliquer à mes paroles. Tu aurais même pu me gifler, si tu l'avais voulu... Il faut me pardonner. Il y a peu de temps, après un long voyage dans le désert, je suis rentré à Memphis avec mes compagnons. Nous n'avons pas eu le loisir de nous reposer. Presque aussitôt, nous avons dû gagner le temple de Sobek... À cause des blessures de Leonis, nous avons dû retarder notre retour. Il y a une semaine que je suis revenu du temple, Mérit. Depuis, je t'ai à peine adressé la parole... Et, ce soir, au lieu de t'avouer que tu m'as manqué, je t'ai dit que c'était ta nourriture qui m'avait manqué... C'était stupide de ma part... Je suis très maladroit, tu vois... Je me réfugie souvent derrière les plaisanteries pour cacher ma timidité, ma peur ou mon chagrin. Je n'avais pas la moindre envie de te faire de la peine…

Le regard fixe de Mérit alla se perdre dans la noirceur des jardins du palais royal. Elle fit remarquer avec froideur :

— Les nobles d'une maison n'ont pas à dire à leurs domestiques que leur absence leur est difficile à supporter.

Montu haussa un peu le ton pour riposter :

— Là, tu exagères, Mérit. Je ne suis pas un noble. Il y a moins d'un an, je n'étais encore qu'un esclave. Pour moi, tu n'es pas une domestique… En vérité, c'est toi qui es noble. Car tu es née au milieu des plus grandes richesses du royaume. On t'a bien éduquée, tu n'as jamais manqué de nourriture et tu as toujours porté des vêtements taillés dans les meilleures étoffes. Tu possèdes la science des scribes, et les divinités t'ont dotée de tous les talents. Moi, je n'ai rien de tout ça. Je sais seulement faire rire les gens. C'est pour ça que je plaisante sans arrêt… Parce que, quand les gens rient de mes plaisanteries, j'ai l'impression d'être quelqu'un…

Mérit resta muette. Dans l'obscurité, Montu serrait les dents. Il laissa planer un long silence avant de marmonner, comme pour lui-même :

— J'imagine que je me suis trompé. Leonis et Menna se sont sans doute trompés aussi. Au fond, ça n'aurait rien d'étonnant. D'ailleurs, il suffit d'y réfléchir pour constater que c'est impossible… Ce que tu peux être naïf, mon vieux Montu!

Le garçon coupa court à son soliloque. Il prit sa tête entre ses mains et adopta le ton froid de la jeune fille pour affirmer:

— Ne m'en veux pas, Mérit. Je croyais que tu étais fâchée parce que… enfin… Je crois comprendre, à présent; tu t'es sentie rabaissée par mes paroles. Je ne peux que m'en excuser. Désormais, je ne veux plus que tu me serves un seul repas. En parlant, tout à l'heure, je me suis rappelé que je n'étais rien comparé à toi. C'est pourtant une évidence. Il doit être très déshonorant pour une servante de ta qualité de servir un ancien esclave… Surtout si cet esclave se glorifie de la situation comme j'ai semblé le faire…

— Tu dis des bêtises, Montu! s'exclama la jeune fille. Leonis est aussi un ancien esclave. Mais c'est dans la joie et dans la fierté, et non dans le déshonneur, que nous vous servons depuis le premier jour! Tu… tu n'as pas le droit de penser que je te méprise…

— Je ne peux pas m'expliquer ta colère autrement, Mérit. Si tu ne t'es pas sentie déshonorée, et si tu te moques des regrets que j'éprouve de ne pas t'avoir dit que tu m'avais manqué, je ne vois pas pourquoi tu t'es fâchée contre moi. Je ne suis pas toujours drôle, c'est sûr, mais ce n'est pas une raison pour s'emporter comme tu l'as fait.

La servante se réfugia dans ses pensées. En dépit des ténèbres, le garçon put distinguer que la jolie figure ovale de Mérit était tournée vers lui. Il n'arriva cependant pas à détailler ses traits. Elle passa une main dans ses cheveux. Des effluves d'huile parfumée caressèrent le nez de Montu. D'une voix tranchante, Mérit demanda :

— Tu as vraiment cru que ton indifférence me causait du chagrin, Montu ?

— Heu... Je... J'ai pensé que... que c'était peut-être pour cela que tu t'étais fâchée... Pour dire vrai, c'est Leonis qui a parlé de cette possibilité...

— Crois-tu réellement que j'éprouve plus que de l'amitié pour toi ? As-tu vraiment déjà songé que je pouvais t'aimer ?

Le sang monta à la figure de Montu. La nuit masquait sa gêne, mais sa voix tremblante la révéla :

— Je... je ne sais pas ce qu'est l'amour, Mérit... Ou plutôt, si, je le sais... un peu... Je sais ce qui se passe dans le cœur quand on aime… Mais si une fille était amoureuse de moi, je crois que j'aurais du mal à m'en rendre compte… Je ne veux pas que tu te mettes de nouveau en colère, Mérit. Je dois t'avouer que j'ai cru que… que tu m'aimais, en effet… Il faut dire que Leonis et Menna l'ont cru, eux aussi… Ils ont vu cela dans tes yeux… C'est ce qu'ils m'ont affirmé. Durant notre périple, ils me l'ont répété souvent. Alors, moi… je me suis mis dans la tête que tu m'aimais. C'est ridicule, je sais…

— Je comprends, fit la jeune fille, sans tendresse. Je trouvais ton silence étrange, Montu. Avant ta longue absence, nous discutions beaucoup, toi et moi. Depuis ton retour, tu as cherché à m'éviter. Tu craignais sans doute que je t'avoue mes sentiments. Tu ne voulais pas me blesser en me disant que tu ne m'aimais pas. Est-ce que je me trompe ?

Montu était au supplice. Il donna un léger coup de poing sur la rambarde de pierre et inspira profondément pour tenter de calmer les tremblements qui l'agitaient. Il fit quelques pas sur les nattes qui recouvraient la terrasse, puis il revint vers la jeune fille. Sur un ton presque trop sérieux pour lui appartenir, il déclara :

— Je n'ai que treize ans, Mérit. Comme je te le disais, je ne sais rien à propos des sentiments. À part en ce qui concerne l'amitié, évidemment. Ma mère elle-même ne m'aimait pas. Alors j'ai appris à vivre sans amour. Tu sais, ce n'est pas aussi pénible que ça en a l'air… Dis-moi, Mérit, as-tu déjà mangé du serpent?

— Non, Montu. Pourquoi?

— C'est peut-être très bon, du serpent. Seulement, si on n'en a jamais mangé, il est impossible de savoir si c'est bon. Alors, on s'en moque complètement. Pour l'amour et pour tout le reste, c'est la même chose… En ce moment, je me sens un peu comme une momie. On dirait que mon corps est entouré de bandelettes et j'ai envie de les arracher… J'étouffe, Mérit…

La jeune fille émit un rire flûté avant de déclarer :

— Tu racontes n'importe quoi, Montu. Je t'ai posé une question fort simple. Toi, tu me parles de serpent et de momie.

— C'est vrai, Mérit… Je raconte n'importe quoi. J'ai du mal à exprimer ce que je ressens. J'étouffe. J'étouffe depuis que je t'ai revue. Dans le désert, je pensais qu'il serait facile de te dire ce que j'avais à te dire. Mais, en entrant dans cette maison, j'ai compris que j'aurais bien du mal à le faire… En plus, ce soir, tes mots et ton attitude me prouvent que je me suis trompé… Il est clair que tu ne m'aimes pas…

— Montu, je…

— Non, Mérit! Je ne peux plus reculer. Il faut que je me libère… Après, tu parleras. J'espère seulement que tu oublieras vite mes paroles. Je tiens à ton amitié. Je veux que ce soit comme avant, entre nous deux…

— C'est d'accord, mon ami, acquiesça la jeune fille dans un souffle.

— Bien, Mérit… En moins d'un an, ma vie a beaucoup changé. La dernière fois que le Nil a inondé les terres, je besognais comme esclave sur le chantier du palais de la princesse Esa. Le contremaître de l'atelier aux ornements m'humiliait toujours et me frappait souvent. Je buvais de l'eau sale. Je ne mangeais qu'une fois par jour, et cet unique repas ne comportait qu'une toute petite poignée d'orge. Tu es déjà au courant de tout cela, Mérit. Ce n'est pas pour m'en plaindre que je te parle de mon passé. Je cherche simplement à te démontrer à quel point mon existence s'est transformée…

— Personne ne pourrait le nier, Montu.

— En effet, Mérit. Car ma vie n'a plus rien à voir avec celle d'avant. Aujourd'hui, j'habite dans l'enceinte de la demeure royale. Je profite de bienfaits qui sont ordinairement destinés aux riches seigneurs. Je n'aurais jamais osé souhaiter un bonheur semblable. J'étais moins important qu'un rat. Maintenant, Pharaon m'invite à sa table. Il faut s'habituer à ce genre de choses avant de pouvoir admettre qu'on a le droit de les vivre… Leonis expérimente la même chose que moi. Il est difficile de laver cette misère qui a imbibé notre peau… Il y a quelques mois, je n'avais encore jamais songé à l'amour. Sur le chantier, lorsque j'ai rencontré Leonis, j'ai eu le bonheur de découvrir l'amitié. Mais l'amour, pour un esclave, est une chose inimaginable. Un esclave qui rêverait d'amour serait aussi bête qu'un hippopotame rêvant de voler. Tu comprends?

— Oui, Montu, répondit Mérit, je comprends.

— Alors, la première fois que l'amour est entré dans mon cœur, je n'ai pas su de quoi il s'agissait. Je ne me souviens pas quand cela s'est produit. Mais, une chose est sûre, Mérit: lorsque l'amour m'a touché, tu étais là…

Montu s'interrompit. Il s'éloigna de la rambarde pour marcher un peu. Après avoir longuement tourné en rond, il s'immobilisa à l'écart de la jeune fille et laissa échapper un rire nerveux. Ses jambes étaient molles comme un morceau d'étoffe. Il s'assit par terre avant de reprendre la parole:

— Tu étais là parce que, après ce moment, j'ai eu envie de partager avec toi chaque heure de chaque jour. J'ai toujours aimé faire rire les gens. Mais aucun rire, pas même celui de ta jumelle, ne se compare au tien, Mérit. Ton rire est encore plus chantant que le son de ta harpe. Et tu joues divinement de la harpe… Après ce moment, je me suis mis à observer tes gestes en me demandant comment tu arrivais à bouger avec autant de délicatesse. Tu bouges comme le roseau sous la brise. Quand tu marches, on dirait que tu danses avec le vent… Avant de partir pour Thèbes, il y a plusieurs mois de cela, je ne savais pas encore que je t'aimais. Je t'admirais beaucoup. Je me disais que si, avant de voir le jour, j'avais pu choisir ma mère, c'est toi que j'aurais choisie… Nous nous sommes souvent enlacés, comme les bons amis le font. Je connaissais ta chaleur et ta tendresse… Il n'y a rien de plus doux que tes bras, Mérit. Au fond, si tu avais été ma mère, j'aurais trouvé trop pénible de grandir…

Quand Leonis et Menna m'ont dit ce qu'ils avaient lu dans ton regard, j'ai mis peu de temps à comprendre que je t'aimais. Ils avaient cru percevoir que j'avais une place particulière dans ton cœur. J'ai protesté en leur assurant que, toi et moi, nous n'étions que des amis.

Je le pensais sincèrement, Mérit. Toutefois, si je peux m'exprimer ainsi, le mal était fait. Je me suis mis à songer que mes compagnons m'avaient peut-être dit la vérité. Tu ne pourrais jamais t'imaginer comment je me suis senti. Peu de temps auparavant, je n'étais qu'un misérable esclave. Même la plus modeste des marchandes de poisson m'aurait regardé avec mépris. Et là, tandis que notre barque naviguait vers le sud, mes amis venaient de m'apprendre que, selon eux, la plus merveilleuse fille d'Égypte était amoureuse de moi… J'ai fini par le croire. Par la suite, je n'ai jamais cessé de penser à toi. Nous avons vécu bien des épreuves durant notre voyage dans le désert. Mon envie de te revoir m'a donné du courage… Tu m'as manqué, douce et belle Mérit… En te retrouvant, je comptais te dire toutes ces paroles que je t'avais répétées des milliers de fois dans mes rêves. Mais, le moment venu, j'ai pris peur… Peut-être que, tout au fond de mon âme, il y avait quelque chose qui me murmurait que tu ne m'aimais pas… Je ne regrette rien. Je connais maintenant l'amour. C'est un sentiment extraordinaire. En croyant que tu m'aimais, j'admettais du même coup que je méritais d'être aimé… Cette constatation m'a fait du bien. Même si, en ce moment, mon cœur a froid, je sais désormais que l'amour est aussi pour moi… Voilà, Mérit… Je t'ai tout dit. Je me sens beaucoup mieux, à présent… J'ai retiré les bandelettes qui m'étouffaient…

Le garçon se leva. La servante ne dit rien. Sa silhouette se détachait à peine des ténèbres. Montu perçut le son d'un rire feutré. Avec un pincement au cœur, il jeta :

— Tu ne dois pas te moquer de moi, Mérit. Je me suis livré à toi avec sincérité.

Avec un couinement, la servante précisa :

— Je ne ris pas, Montu… Je pleure… Je… je suis allée trop loin…

— Ne t'en fais pas, douce Mérit. J'ai de la peine, mais ce n'est pas trop grave. Je préfère que les choses soient claires. J'en avais plus qu'assez de garder cela pour moi. Maintenant, c'est réglé.

— Rien n'est réglé, Montu… J'ai été cruelle… J'ai joué avec ton cœur…

Montu s'était approché de la servante. Il posa délicatement les mains sur ses épaules. Elle plaqua sa joue sur sa tunique. Mérit reprit son souffle. Sans lever la tête, elle expliqua :

— J'étais très fâchée contre toi, Montu. Depuis ton retour, tu m'ignorais. Ce soir, c'est vrai, tu m'as vraiment mise hors de moi en parlant de mes gâteaux, de mon pain et de mon canard rôti, comme si la nourriture que je prépare était la seule chose qui te plaisait chez moi. Je me suis emportée et je suis montée prendre l'air. Mais, presque tout de suite, j'ai fait demi-tour. Je voulais m'excuser… Je me trouvais dans l'escalier lorsque j'ai entendu Leonis parler de nous deux. C'est à ce moment que j'ai appris que tu m'aimais. En constatant que tu venais à ma rencontre, j'ai vite regagné la terrasse… J'étais folle de joie, Montu! Néanmoins, je voulais te faire regretter ta maladresse. Je savais maintenant que tu m'aimais et je voulais que tu me l'avoues. Dans le noir, mon visage ne pouvait pas me trahir. Au début, pendant que je te disais que mon comportement n'était pas digne d'une domestique de la cour, je m'amusais vraiment beaucoup. Je souriais de te savoir si mal à l'aise. J'ai feint l'indifférence pour que tu saches comment on se sent lorsque la personne qu'on aime nous ignore… Ensuite, à mesure que tu parlais, ce petit jeu s'est retourné contre moi. Je n'arrivais plus à ouvrir la bouche. Je ne voulais pas te causer du chagrin, mais je mourais d'envie d'entendre tout ce que tu avais à me dire… Je n'ai jamais rien entendu d'aussi beau… Je t'aime, Montu.

Le garçon pleurait. Il étreignit la jeune fille avec force. Durant un moment, il se sentit si étourdi qu'il craignit de s'évanouir. Étranglé par l'émotion, il parvint à chuchoter :

— Je t'aime aussi, Mérit... Un bonheur comme celui-là... c'est... c'est presque douloureux.

5

UN FERVENT ADMIRATEUR

La princesse Esa s'ennuyait. Depuis près d'un mois, elle n'était plus autorisée à sortir du palais. Elle ne pouvait même plus quitter ses quartiers sans être escortée par des soldats. Jour et nuit, deux gardes armés de lances surveillaient sa porte. Deux autres se tenaient en permanence sous sa fenêtre. De manière à contrer un éventuel empoisonnement, chaque plat et chaque boisson que l'on apportait à la fille de Pharaon étaient d'abord goûtés par un domestique. Les récentes et sanglantes attaques menées par les adorateurs d'Apophis avaient rendu Mykérinos fou d'inquiétude. Des soldats et des policiers patrouillaient dans chaque rue de la cité. La grande enceinte du palais était sous haute surveillance. De l'avis d'Esa, les jardins étaient plus que sécuritaires. En allant s'y promener, elle n'eût assurément couru aucun risque. Son père exagérait! Dans le magnifique décor de ses luxueux quartiers, la princesse se sentait seule, mélancolique et captive.

Depuis quelques années déjà, la belle Esa avait compris qu'elle ne parviendrait jamais à apprécier son existence de princesse. Elle était trop éprise de liberté pour se livrer sans contrariété aux obligations quotidiennes qu'exigeait une telle vie. Esa rêvait de courir dans les pâturages et de se baigner dans le Nil. Elle eût aimé se promener dans la capitale sans que personne ne la reconnût, et sans que les gens se jetassent à genoux en l'apercevant. Mais les pieds de la jeune fille n'avaient même jamais foulé le sol d'une rue. Depuis toujours, elle avait dû traverser les villes dans sa chaise à porteurs recouverte de feuilles d'or. Elle n'avait qu'une vague idée de l'aspect des lieux qu'elle avait ainsi survolés. Parce que, lorsque la fille de Pharaon sortait, les gens s'agglutinaient sur son passage pour glorifier son divin sang et pour admirer sa grande beauté. C'était tout ce qu'Esa connaissait de l'ambiance et du décor des cités du royaume: une perpétuelle et assourdissante haie d'honneur, un mur aux mille visages, à ce point dense qu'il venait masquer tout ce qui se trouvait à hauteur d'homme.

La princesse avait fermé les paupières. Une servante lui peignait délicatement les cheveux. Cette femme se nommait Bébi. Elle n'était pas jolie. Son faciès était cependant chaleureux. Elle avait presque trente ans, mais elle faisait preuve, la plupart du temps, d'une naïveté quasi enfantine. Elle était évaporée, enjouée et souvent malhabile. En raison de son attitude, elle détonnait grandement parmi les toujours trop brillants et sérieux domestiques de la cour. Bébi se montrait moins soumise et moins cérémonieuse que les autres servantes d'Esa. C'était involontaire, toutefois. La femme adorait sa maîtresse et, même s'il lui arrivait de ne pas respecter les convenances que lui imposait sa tâche, elle n'agissait jamais ainsi avec l'intention de déplaire. Bébi était un peu bête, mais Esa éprouvait une profonde affection pour elle. Tandis que le peigne d'ivoire fin glissait dans ses cheveux, la jeune princesse souriait. Sans ouvrir les yeux, elle susurra avec reconnaissance :

— Tes gestes sont tendres, ma chère Bébi. Tu me fais beaucoup de bien.

— Vous êtes triste, princesse Esa. Je n'aime pas vous voir ainsi. Il y a de l'ombre sur votre figure… Mais, vous savez, toute la tristesse du monde ne changerait rien à votre extraordinaire beauté.

Esa émit un rire à peine audible. Sur un ton indolent, elle fit remarquer :

— Tu me dis sans cesse que je suis belle, mon amie.

— C'est parce que c'est la vérité, princesse. Votre beauté est vénérée par tous les sujets du royaume. Je suis choyée de pouvoir la contempler chaque jour. Nombreux sont les gens qui aimeraient avoir cette chance. Hier, par exemple, pendant que je me promenais dans la cité, un jeune homme s'est approché de moi pour me demander un simple renseignement. Malgré tout, nous avons discuté longtemps. Il était gentil, beau et très savant. C'était sans doute un noble… Quand il a appris que j'étais votre servante, il a failli tomber à la renverse… Cet homme rêve de vous rencontrer, princesse Esa. Il vous a déjà vue, d'ailleurs. C'était pendant la grande fête d'Opet, il y a deux ans. Vous étiez assise à la gauche de Pharaon sur le balcon des apparitions du palais de Thèbes. Depuis ce jour, il pense sans cesse à vous. Il a voulu me donner de l'or pour que je le conduise auprès de Votre Grâce. Mais, bien sûr, je lui ai dit que c'était impossible… Il a commencé à pleurer comme un enfant. Il a pris mes mains dans les siennes, parce que mes mains vous avaient touchée. Il m'a suppliée à genoux pour tenter de me convaincre de vous parler de lui. Car il désirait que son nom atteigne vos divines oreilles…

— Vraiment, fit Esa en pouffant. Dis-moi, Bébi, quel était donc ce nom ?

— Ce jeune noble s'appelle Ousérouer, princesse. Je crois qu'il serait fou de bonheur d'apprendre que son souhait a été exaucé… Vos charmes ont rendu cet homme malade d'amour. En le regardant pleurer, j'ai pleuré aussi. J'avais pitié de lui. Lorsque j'affirme que vous êtes belle, ce n'est pas seulement pour vous complimenter. Votre beauté m'étonnera toujours, princesse Esa.

— J'échangerais volontiers cette beauté contre ta liberté, ma tendre Bébi. Je voudrais bien pouvoir me balader dans les rues comme tu le fais. Mais, ce soir, si je le pouvais, j'irais surtout me réfugier dans les bras de celui que j'aime…

Esa avait prononcé cette dernière phrase sur le ton de la confidence. À l'intérieur des murs du palais royal, Bébi était la seule personne qui fût au courant que la princesse était amoureuse. Toutefois, même si la fille de Pharaon lui avait fait l'honneur de lui confier ce secret, elle s'était gardée de lui révéler l'identité du mystérieux élu de son cœur. Bien sûr, la domestique brûlait d'envie d'en savoir davantage, mais elle n'eût jamais osé interroger sa maîtresse à ce sujet. La servante caressa l'épaule d'Esa pour dire avec compassion:

— Je sais ce que vous ressentez, princesse. Avant, vous pouviez au moins profiter de la nuit pour vous glisser dans les jardins. J'étais parfois votre complice et nous nous amusions beaucoup. Maintenant, des gardes sont postés sous votre fenêtre. Vous êtes prisonnière et vous n'avez rien fait pour mériter cela…

— J'ai toujours été prisonnière, ma chère Bébi. Pharaon a plus de dix enfants, mais sa favorite, la belle Khamerernebty, ne lui a donné qu'une seule fille: moi. Je ne pourrais même pas accéder au trône. Pourtant, aucun de mes demi-frères n'a plus de valeur que j'en ai dans le cœur de mon père. Le jeune prince Chepseskaf est censé lui succéder. Malgré tout, je sais que Mykérinos préférerait que le prochain maître des Deux-Terres soit issu de mon sein. Je n'ai pas encore d'époux et j'ai presque quinze ans. Ma mère n'en avait que treize lorsque mon père l'a épousée. Le jour viendra bientôt où Mykérinos offrira ma main à celui qu'il aura choisi. Le sang des rois devra couler dans les veines de cet homme. J'ignore qui il sera, mais je sais d'avance que je ne l'aimerai pas. Mon cœur appartient déjà à quelqu'un, Bébi. C'est avec lui que je veux vivre. Car, sans lui, plus rien n'aura d'importance… Pharaon me protège jalousement. Il craint des dangers qui, de toute évidence, ne se manifesteront jamais dans l'enceinte de ce palais. Il ne se doute pas que si, un jour, je disparaissais, ce serait parce que je l'aurais moi-même décidé. Je me sauverai, Bébi… Ce sera difficile, mais j'y arriverai.

— Seriez-vous capable de renoncer à cette vie, princesse? Vous n'avez jamais rien connu d'autre que cette existence. Votre départ serait une grande perte pour le royaume. Si vous en discutiez avec Pharaon…

Esa fit le geste de chasser une mouche. Elle soupira avant de déclarer:

— Mon père ne m'a jamais écoutée, Bébi. Il m'admire et il ne cesse de vanter mes mérites, mais, pour lui, je ne suis qu'un objet, qu'un trésor qu'il contemple avec fierté. Dès ma naissance, j'ai été confiée à une nourrice. De grands prêtres ont été chargés de mon éducation. Lorsque je suis née, Mykérinos venait à peine d'accéder au trône de la glorieuse Égypte… Il n'avait pas de temps à me consacrer. Ma mère non plus, d'ailleurs. Durant mes dix premières années de vie, mes parents ont été pour moi comme des étrangers… Nous sommes plus proches, aujourd'hui. Seulement, si je devais m'enfuir, j'ai le sentiment qu'ils ne me manqueraient pas. Je te connais plus que ma mère, Bébi. Toi, tu me manquerais…

La servante était bouleversée. Elle déglutit et chuchota :

— Vos paroles me touchent, princesse. Mais, si jamais vous arriviez à vous enfuir, je crois que vous commettriez une grave erreur… De toute manière, Pharaon vous retrouverait très vite. En ce moment, la révolte habite votre cœur. Vous êtes emmurée et vous ne pouvez plus tolérer cette situation. Dans quelques mois, vous verrez peut-être l'avenir d'un autre œil…

— Cela m'étonnerait, affirma Esa en bâillant. Laisse-moi, maintenant, ma chère Bébi. J'ai sommeil. Au moins, il me reste encore le rêve pour chasser l'ennui.

La servante s'écarta. Elle déposa le peigne d'ivoire sur une petite table ronde. La princesse s'étira paresseusement et abandonna son luxueux fauteuil de bois sculpté. Avant de gagner son lit, Esa enlaça Bébi avec tendresse. La domestique éteignit trois des quatre lampes qui éclairaient la majestueuse pièce. Elle s'immobilisa un instant pour observer avec dévotion la fille de Pharaon. Étendue au centre de son grand lit encadré de deux énormes vaches dorées représentant la déesse Hathor, Esa semblait minuscule. Un drap diaphane enveloppait son corps. La jeune fille avait déjà fermé les yeux. Un faible sourire éclairait son visage. Bébi murmura :

— Faites de doux rêves, princesse.

— Bonne nuit, chère Bébi, répondit Esa. En partant, tu éteindras la dernière lampe. J'en ai plus qu'assez de voir ce décor.

Avant de s'exécuter, la domestique ramassa le peigne d'ivoire qu'elle avait déposé sur la table. Elle souffla la mèche de la lampe et se dirigea vers la porte. Elle gagna aussitôt sa propre chambre qui avoisinait celle de sa maîtresse. Bébi s'assit sur un tabouret. Durant un moment, elle s'affaira à retirer les cheveux emprisonnés entre les dents du peigne. La servante en dénombra six, qu'elle déposa sur un petit rectangle d'étoffe de lin. Ensuite, elle roula le bout de tissu en murmurant :

— Le cœur de ce brave homme sera comblé.

La domestique exhala un soupir de satisfaction. Elle sortit dans le couloir et l'emprunta pour quitter les quartiers de la princesse Esa. Avant de se diriger d'un pas allègre vers le vaste hall du palais royal, elle salua les deux gardes chargés de la surveillance de la fille de Mykérinos. Quelque part, dans une venelle de la cité de Memphis, l'attendait ce noble admirateur qui l'avait suppliée de prononcer son nom devant la princesse. Bébi avait été troublée par la ferveur amoureuse de ce jeune étranger. Elle allait maintenant à sa rencontre pour lui assurer que la sublime Esa avait bel et bien entendu parler de lui. La servante n'avait cependant pas jugé utile de transmettre à sa maîtresse l'ultime requête de ce bel admirateur. Ce dernier lui avait d'ailleurs demandé de garder le silence au sujet de cette demande. De l'avis de Bébi, ce qu'elle s'apprêtait à faire constituerait une bonne action : elle rendrait un homme fou de bonheur en ne lui apportant que quelques cheveux de celle qu'il vénérait. L'étranger lui avait offert de l'or en échange de ces cheveux. La brave femme n'avait cependant pas l'intention de tirer profit de la situation. Elle comprenait les sentiments que le jeune noble éprouvait pour la belle Esa. Car, sur la terre d'Égypte, aucun être n'était plus beau et plus gracieux que la fille de Pharaon.

La lune était haute lorsque Bébi atteignit la venelle où était censé l'attendre Ousérouer. Elle toussa discrètement afin de signaler sa présence. Dans le noir, une voix d'homme demanda :

— Est-ce toi, aimable Bébi ?

— C'est moi, en effet, répondit la servante qui avait reconnu la voix grave de l'étranger.

Une silhouette s'avança dans le halo laiteux que diffusait la lune. Ousérouer s'approcha de la femme. Sur un ton inquiet, il dit à voix basse :

— Je suis heureux de te revoir, Bébi. J'ai eu peur que tu m'oublies… Je ne suis qu'un pauvre dément… Que viens-tu m'apprendre ? La belle Esa a-t-elle entendu mon nom ?

— Elle l'a entendu, Ousérouer.

Il y eut un silence. La domestique ne pouvait pas distinguer clairement la figure du jeune homme. Elle perçut toutefois quelques sanglots étouffés. L'individu se ressaisit. Il inspira profondément et bredouilla :

— Je… je ne sais pas… comment te remercier, aimable Bébi. Je… je rentrerai à Thèbes en emportant une grande joie dans mon cœur. Pour ce qui est de ma requête…

La femme l'interrompit :

— Je t'apporte aussi quelques cheveux de la princesse, Ousérouer.

En tâtonnant dans la pénombre, elle trouva le bras musclé du bel inconnu. Lentement, elle rejoignit sa main et posa dans sa paume tremblante le petit rouleau d'étoffe de lin.

— Les cheveux d'Esa sont sur cette pièce de tissu, l'informa-t-elle. Tu devras la déployer avec précaution pour éviter de les perdre…

Les doigts de l'homme se refermèrent sur l'objet. Il gémit avant de proposer :

— J'ai de l'or pour toi. Accepte-le, Bébi. Le présent que tu m'offres est plus précieux qu'un joyau.

— Je ne veux pas de ton or, mon brave. Je n'en ai pas besoin. Je suis une servante de la cour de Pharaon. Je réside dans les palais de l'Empire, je mange à ma faim et je porte de beaux vêtements. Garde ton or pour ceux qui souffrent, Ousérouer. La joie que tu éprouves me suffit… Il me faut partir, à présent, car je dois me lever à l'aube.

L'homme remercia encore Bébi et ils se séparèrent. Ousérouer qui, en vérité, s'appelait Itouch, regagna la venelle. La voix nasillarde du sorcier Merab s'éleva dans l'obscurité.

— Voilà qui est fait, mon gaillard.

— Comment pouvez-vous être certain que cette idiote m'a réellement remis des cheveux ayant appartenu à la princesse ? Si ce morceau de tissu contient vraiment des cheveux, il se pourrait bien que Bébi les ait pris sur sa propre tête…

— Je sais tout, assura le sorcier. Ne t'avais-je pas affirmé qu'elle refuserait l'or ? Crois-moi, Itouch, les cheveux qu'elle nous a apportés sont bien ceux de la fille de Pharaon… J'avais la certitude que cette femme nous aiderait. En lisant dans ses pensées, j'ai su ce qu'il fallait lui dire pour qu'elle morde à l'appât. Cette servante adore sa maîtresse. Elle aimerait que tout le peuple d'Égypte puisse connaître la joie de contempler sa beauté. Hier, il suffisait d'attendre qu'elle gagne la place du marché pour l'aborder. Je dois te féliciter, Itouch. Tu es réellement un habile manipulateur. Tu as subjugué cette femme… Bien sûr, je t'ai informé de ce qu'il fallait dire, mais tu étais très émouvant dans ton personnage d'amoureux éperdu. Tu as même réussi à faire pleurer cette abrutie de domestique. Bébi ne se doute pas que, par sa faute, sa divine princesse Esa va bientôt mourir… Il est temps pour nous de regagner le Temple des Ténèbres, Itouch. Je dirai au maître Baka que tu as bien travaillé.

— C'était facile, sorcier Merab. Par contre, j'ai du mal à croire que vous pourrez éliminer la princesse en n'utilisant que quelques-uns de ses cheveux…

— Tu verras, mon gaillard, conclut l'envoûteur d'une voix amusée. Bientôt, le peuple pleurera la mort d'Esa.

6

CONSEIL DE GUERRE

Trois jours auparavant, sans la moindre explication et après avoir formulé le souhait de ne pas être dérangée, Sia s'était réfugiée dans sa chambre. Au préalable, de manière à empêcher le turbulent Baï de s'introduire dans la pièce, elle avait placé un lourd meuble devant la porte. Sia s'était assise sur un coussin de jonc. Elle avait croisé les jambes et fermé les yeux. Depuis, elle n'avait pas remué un cil. De temps à autre, Raya et Mérit vérifiaient si la sorcière allait bien. Par l'espace libre qui subsistait entre le meuble et le linteau de la porte, les jeunes filles avaient pu observer la femme. Elles l'avaient fait en silence, étonnées de la voir si parfaitement figée, se demandant parfois si elle n'était pas morte. Les jumelles s'inquiétaient. Quant à l'enfant-lion, même si l'étrange comportement de la sorcière piquait sa curiosité, il prétendait qu'il ne fallait pas s'alarmer.

Lorsque, au bout de son long recueillement, Sia rejoignit enfin Leonis et ses amis dans la salle principale, les aventuriers étaient réunis autour de la grande table qui meublait le centre de la pièce. Les servantes étaient également présentes. Elles se levèrent avec empressement pour s'informer de l'état de la sorcière.

— Tu dois mourir de soif, ma pauvre Sia! s'exclama Raya.

— Veux-tu que je t'apporte quelque chose à manger? lui proposa Mérit.

— Je vais bien, mes jolies fleurs, assura la sorcière avec un large sourire. Ne vous inquiétez pas pour moi.

— Il était temps que tu bouges un peu, Sia! lança Montu. Raya et Mérit nous ont dit que tu ressemblais à une statue. Nous songions d'ailleurs à t'épousseter!

— Bienvenue parmi nous, brave Sia! intervint Menna. Pour quelle raison t'es-tu isolée ainsi? Regretterais-tu déjà la solitude de ton oasis?

— Bien sûr que non, Menna, répliqua la femme en riant. Disons que... j'avais besoin de méditer.

Le sauveur de l'Empire tendit un gobelet d'eau à la sorcière d'Horus. Cette dernière s'en empara, le vida d'un trait, soupira d'aise et s'essuya la bouche du revers de la main.

— Merci, Leonis, soupira-t-elle. Tout compte fait, j'avais un peu soif… Où est la petite Tati?

— Elle est dehors, répondit Raya. Elle s'amuse avec Baï dans les jardins.

Sia déposa le gobelet vide sur la table. Elle afficha un air de léger embarras pour dire aux jumelles:

— Je suis désolée, les filles, mais je dois entretenir les garçons d'un sujet qui doit demeurer entre eux et moi… Pourriez-vous…

— C'est d'accord, Sia, fit Raya sans s'offenser. Nous irons retrouver Tati dans les jardins. Nous veillerons à ce qu'elle n'entre pas.

— C'est bien, mes chères amies. Vous êtes fort aimables. Vous savez que je déteste vous tenir à l'écart de nos discussions. Mais, en ce moment, je n'ai pas d'autre choix. Nous irons vous rejoindre dès nous aurons terminé ce petit conciliabule.

Raya et Mérit acquiescèrent en silence. Elles quittèrent aussitôt la salle principale. Sia s'approcha de la table. Elle tendit l'oreille, hocha la tête et avoua à voix basse:

— En vérité, mes amis, je ne méditais pas. Je cherchais plutôt à communiquer avec les Anciens. Je voulais que mes semblables sachent que je ne suis pas morte.

— As-tu réussi? interrogea l'enfant-lion.

— Oui, Leonis. Je sais qu'ils m'ont entendue. Ce n'est pas exactement comme si je leur avais parlé, mais ils sont désormais au courant que je suis toujours vivante. Pour le moment, ils sont peu nombreux à le savoir. Mais, d'ici quelques jours, mes appels pourront être perçus par tous les gens de mon peuple. Puisque j'étais confinée dans le territoire de Seth, il m'était impossible d'entrer en contact avec eux. Étant donné que les miens me croyaient morte, j'ai dû me concentrer très fort pour établir le contact. Heureusement, ma mère, la sorcière Maïa-Hor, était plus susceptible que les autres d'entendre mon appel. Comme elle m'a donné la vie, le lien entre nos esprits se fait aisément. La pauvre! Elle a dû penser qu'elle devenait folle! Elle me croyait morte depuis plus de deux siècles! Elle a vraisemblablement mis du temps à admettre que c'était mon énergie qu'elle percevait. Ce matin, elle a finalement compris que ce n'était pas son esprit qui lui jouait des tours. Elle m'a transmis un signal clair pour m'en avertir. J'ai pu ressentir sa joie, sa surprise et son affection… J'ai vécu de vives émotions, mes amis. Maintenant que le contact est établi, je n'aurai plus de difficulté à communiquer avec les miens.

La sorcière fit une pause. Dans les jardins, le rire de Tati s'éleva. Baï lâcha quelques aboiements. Le sauveur de l'Empire se plongea brièvement dans ses réflexions. Il fit craquer ses phalanges avant de demander :

— Selon toi, Sia, les Anciens pourraient-ils nous aider à achever la quête des douze joyaux ?

— Non, Leonis. Cette quête ne concerne que ton peuple et les dieux. Par contre, je crois que les Anciens pourraient me soutenir dans mon combat contre Merab. Comme je vous l'ai dit avant que nous quittions l'oasis, j'ai autrefois foulé le sol d'Égypte pour donner naissance à un puissant et bénéfique sorcier. Je devais le faire afin de me conformer aux exigences du dieu Horus. Mon fils était destiné à s'opposer aux forces maléfiques. Puisque les actes du sorcier de Seth étaient néfastes, mon petit Chery aurait forcément été appelé à l'affronter… Malheureusement, ce pernicieux envoûteur a pu contrer la menace qui planait sur lui. Il a tué mon enfant, et il m'a mise hors d'état de nuire en m'emprisonnant dans le territoire de Seth… Je suis libre, aujourd'hui. Il est important que vous sachiez que, pour respecter les lois de mon peuple, je serais censée vous abandonner, mes amis. Car, sur la terre des pharaons, mon unique mission consistait à engendrer Chery et à l'élever jusqu'à ce qu'il atteigne l'âge de développer ses pouvoirs. Par la suite, je devais demeurer auprès de mon fils afin de lui enseigner la maîtrise de ses exceptionnelles facultés. Chery est mort. J'ai échoué. Je n'ai donc plus rien à faire parmi vous. Maintenant que les miens savent que j'existe toujours, ils doivent certainement s'attendre à ce que je les rejoigne… Mais je ne le ferai pas. Vous avez risqué vos jeunes vies dans le but de me libérer. Je vous dois beaucoup, mes braves. Je serais ignoble si je vous laissais tomber…

— Nous ne pourrions continuer sans toi, Sia, dit Leonis. Nous t'avons libérée pour que tu nous protèges de Merab. La déesse Bastet m'a informé de ton existence. Le dieu Horus nous a aidés à traverser le territoire de Seth. Il a contribué à ta libération. Si les divinités ont jugé que tu devais marcher à nos côtés, j'estime que les Anciens devraient respecter cette décision.

— Tu as raison, enfant-lion. Et j'ose croire que les miens verront les choses ainsi… Depuis ma libération, le dieu-faucon n'a pas communiqué avec moi. Toutefois, si Horus a veillé à ce que je quitte le territoire du dieu du chaos, ce n'est certainement pas dans le but de me voir regagner mon monde.

Je n'abandonnerai pas la lutte. Même si je suis beaucoup plus faible que le sorcier de Seth, je l'affronterai. Cet homme a tué mon fils et mon époux. Depuis ce jour, la colère remplit mon cœur. Les miens ont trop de sagesse pour se laisser guider par de vils sentiments comme la haine et la vengeance. Pour ma part, j'ai appris à vivre parmi les habitants d'Égypte. J'ai partagé leurs peines et leurs joies. J'en suis venue à leur ressembler. De plus, aucun des Anciens n'a subi la terrible détresse que j'ai éprouvée dans les Dunes sanglantes. J'espère que mes semblables comprendront mes motivations et qu'ils ne me jugeront pas trop sévèrement… À vrai dire, je crois fermement que les Anciens conviendront, comme ils l'ont fait autrefois, que Merab doit être éliminé. S'il en allait ainsi, j'imagine qu'ils accepteraient de m'aider à le combattre. Je ne retournerai pas chez moi avant d'en avoir fini avec mon ennemi. C'est une certitude. S'ils tiennent à revoir bientôt leur adorable Sia, il vaudrait mieux que les miens viennent s'en mêler.

— Tu as toute ma gratitude, Sia, déclara le sauveur de l'Empire. Après tout ce temps, tu dois avoir très envie de retrouver ton peuple. J'ai le sentiment que cela ne saurait tarder. La quête des douze joyaux s'achève. Il ne nous reste qu'un coffre à découvrir pour livrer l'offrande suprême à Rê. Depuis le début de cette aventure, Montu, Menna et moi sommes parvenus à triompher de tous les obstacles qui se sont dressés sur notre chemin. Au commencement de ma quête, la peur d'échouer me tourmentait sans cesse. Maintenant, j'ai l'impression que rien ne pourra nous arrêter. L'Empire sera sauvé, Sia. Et, après, nous t'aiderons à vaincre Merab. Seth est aujourd'hui emprisonné dans son propre domaine. Le dieu-soleil l'a condamné à cent ans de réclusion dans les sinistres Dunes sanglantes. Le tueur de la lumière ne pourra donc pas aider son sorcier. Le combat qui t'opposera à Merab sera sans doute moins ardu que celui que tu as dû lui livrer il y a deux siècles. Si les Anciens décidaient d'entrer dans la lutte, nous serions encore plus forts. Dans le cas contraire, nous pourrions tout de même compter sur les vaillants soldats d'élite de l'exceptionnel commandant Menna…

Menna réprima un fou rire. Il opina du chef avec résolution pour annoncer :

— Demain, je dois rencontrer quatre lieutenants des armées de l'Empire. Durant mon absence, ils seront de ceux qui superviseront l'entraînement de notre corps d'élite. Ils m'aideront également à réunir mes soldats. Au cours du mois suivant, sept cents guerriers défileront devant nous. Toutefois, nous n'en choisirons que quatre cent cinquante. Bien entendu, Sia devra discrètement sonder l'esprit de chacun d'eux. Nous devrons être certains de la loyauté et du courage de ces hommes. La semaine prochaine, je me rendrai brièvement dans le Fayoum pour inspecter les installations du vieux camp militaire que nous utiliserons. Avant de partir à la recherche du dernier coffre, je devrai avoir planifié la restauration de ce camp. Il me faudra aussi organiser le ravitaillement, commander les armes et structurer l'entraînement de nos combattants...

— Tu n'auras pas le temps de te reposer, Menna, l'interrompit Montu. Pharaon nous a pourtant fortement suggéré de prendre un mois de répit...

— En effet, Montu, répondit le jeune homme. Seulement, nous avons été retenus plusieurs jours au temple de Sobek. Nous nous sommes rendus là-bas dans le but de rapporter le troisième coffre, mais c'est Leonis qui a tout fait. À bien y penser, je me repose depuis que nous avons quitté le désert. Et puis, ce qui m'arrive est tellement incroyable! Il y a moins d'un an, ma tâche était de surveiller le portail ouest de Memphis. Je rêvais de pouvoir prouver mon courage et mon adresse à Pharaon. Je commençais à croire que cette occasion ne viendrait jamais. Car, mis à part les adorateurs d'Apophis, l'Empire n'a aucun ennemi. Puisque, comme tous mes compagnons d'armes, j'ignorais l'existence des hordes de Baka, je n'entrevoyais pas une carrière militaire très héroïque. À quoi sert un soldat lorsque son peuple n'est pas menacé? Au portail ouest, il ne se passait rien. Ma vie s'est transformée grâce à Leonis. Je suis devenu son protecteur et, depuis ce jour, mes capacités ont été mises à rude épreuve. J'ai découvert en moi des forces que je ne soupçonnais pas. Ce que nous avons vécu a fait de moi un meilleur homme. Les défis que nous avons relevés ont comblé mon besoin d'action… Je ne pouvais demander mieux, mes amis. Pourtant, dans peu de temps, je serai à la tête d'un redoutable corps d'élite… Non, vraiment, je n'ai pas envie de me reposer, Montu. Nos ennemis ne se reposent pas, eux. Une fois que j'aurai tout planifié, il faudra attendre au moins six mois avant que mes hommes soient prêts à livrer bataille. Je dois donc me hâter.

Le sauveur de l'Empire murmura:

— Pourvu que Merab ne contrecarre pas nos plans…

— Je l'espère également, Leonis, soupira Menna.

L'enfant-lion se tourna vers Sia pour l'interroger:

— Comment arriverons-nous à empêcher nos ennemis de découvrir l'existence de ce corps d'élite? Pour livrer un assaut efficace, il faudra surprendre les adorateurs d'Apophis. Puisque rien n'échappe à Merab, Baka sera probablement tenu au courant de nos projets. Il préparera ses hordes en conséquence…

— Tes craintes ne sont pas vaines, enfant-lion, dit la sorcière. À mon avis, il serait impossible d'empêcher Merab d'avoir vent de nos projets. Il est même probable que cet envoûteur sache déjà que nous nous préparons à réunir des soldats dans le but d'attaquer les adorateurs d'Apophis… Il existe certains sujets que nous nous devons d'aborder dans des lieux que Merab ne peut pas explorer par la pensée. Par exemple, en ce moment, le sorcier de Seth serait incapable de percevoir les paroles que nous échangeons. Pendant que nous étions encore dans le domaine du tueur de la lumière, je vous ai pourvus d'un bouclier psychique. Lorsque nous sommes revenus du temple de Sobek, j'ai entouré cette demeure d'une barrière semblable à celle qui vous protège. Désormais, à l'intérieur de ces murs, l'esprit de Merab n'aura aucun moyen de nous atteindre. Malgré tout, il se pourrait que, durant notre dernière visite au palais, ce maléfique personnage ait épié notre conversation.

Pharaon n'est pas protégé. La grande demeure royale non plus. Mykérinos refuse mon aide et je m'interdis d'agir contre son gré. Pendant que nous parlions, l'esprit de l'envoûteur était peut-être dans la salle… Si c'était le cas, Baka est déjà informé de ce que nous entendons faire…

— Ce serait terrible! s'écria Menna. Si nos ennemis pouvaient la prévoir, notre offensive serait vouée à l'échec!

— Il ne faut pas s'inquiéter, Menna, reprit la femme. Même si Merab connaissait déjà nos intentions, je ne lui donnerai pas l'occasion d'en apprendre plus sur la petite armée que tu commanderas. Ma magie empêchera son esprit de s'introduire dans le camp militaire. Le sorcier de Seth pourra sans doute localiser cet endroit, mais, si tout est fait comme je l'entends, il ne saura rien des opérations qui se dérouleront là-bas. Tous les combattants qui gagneront le Fayoum seront dotés d'un bouclier surnaturel, comme celui qui vous protège. Ainsi, lorsque le temps sera venu d'attaquer le repaire de Baka, l'envoûteur ne pourra déceler l'approche de tes hommes. Ces derniers seront également protégés des sorts de Merab. Quant à toi, Menna, tu devras veiller à ce qu'aucun renseignement ne franchisse l'enceinte du camp. Les soldats que tu auras choisis devront observer des règles strictes. Ils vivront à l'écart du monde jusqu'au jour où tu leur donneras l'ordre d'attaquer. Il en ira de même pour ceux qui superviseront l'entraînement de tes guerriers. Malgré son importance, Pharaon ne devra pas être informé des activités du camp. Mykérinos n'a-t-il pas lui-même prétendu que notre réussite dépendra de notre discrétion? Je lui ai prouvé que je pouvais lire dans les pensées. À présent, il sait que Merab est capable d'en faire autant. Le roi ne veut pas que j'utilise mes facultés pour le protéger. Seulement, s'il ne veut rien révéler aux adorateurs d'Apophis à propos de cette troupe d'élite destinée à les affronter, il devra accepter d'être tenu dans l'ignorance.

— Le camp devra être très bien gardé, glissa Montu. Merab n'aura sans doute pas la possibilité de s'y introduire en esprit, mais s'il savait qu'un tel endroit existe, Baka tenterait sûrement d'y envoyer quelques espions. Et puis, n'y a-t-il pas un risque de voir les ennemis de la lumière attaquer le camp avant que les soldats soient prêts?

Après un court silence, Menna déclara:

— Sia nous préservera de la sorcellerie de Merab. Le reste me concerne, Montu. Notre camp sera rigoureusement surveillé. Les éventuels espions seront vite débusqués.

Et puis, Baka serait fou d'ordonner à ses hordes d'attaquer. Même s'ils n'étaient pas suffisamment entraînés, mes soldats pourraient lui faire subir d'importantes pertes. Selon moi, nos ennemis ne sont pas assez nombreux pour prendre un tel risque… À partir de maintenant, les jours de ces scélérats sont comptés. Les adorateurs d'Apophis ont bientôt fini de faire couler le sang sur la divine terre d'Égypte. J'en fais le serment, mes amis.

7
LA FIGURINE

En pénétrant dans les quartiers du sorcier Merab, le maître Baka fut étonné de constater que le jeune Hapsout était libre. Merab s'était pourtant engagé à traiter ce méprisable personnage en prisonnier. Selon toute vraisemblance, le vieillard n'avait pas tenu sa promesse. Lorsque le chef des adorateurs d'Apophis fit son entrée, Hapsout demeura impassible. Immobile, il contemplait un mur orné de symboles hiéroglyphiques. Ses traits sans grâce étaient paisibles et ses lèvres dessinaient un sourire. Dressé devant le magnifique autel de granit qui lui servait de plan de travail, l'envoûteur accueillit son visiteur sans daigner le regarder.

— Bonsoir, Baka. Je sais qu'il est tard, mais je devais absolument te rencontrer…

— Tu ne respectes pas mes ordres, vieillard ! aboya le maître en pointant Hapsout d'un doigt tremblant. Je t'ai fourni une cage pour que tu enfermes ce rat ! Pourtant, tu le laisses déambuler à sa guise dans tes quartiers ! Cet imbécile doit payer pour les erreurs qu'il a commises ! Tant que tu n'entreprendras pas l'opération qui fera de lui ta créature, je tiens à ce qu'il demeure prisonnier ! Je veux qu'il souffre ! Il ne doit pas profiter d'un seul instant de liberté !

— Calme-toi, Baka, rétorqua le sorcier d'une voix sifflante. Hapsout n'a jamais été plus captif qu'en ce moment. Si tu te donnais la peine de l'observer de plus près, tu constaterais que cet insurpassable idiot est paralysé. Pour l'heure, il nous entend et il nous voit ; il est toutefois incapable de remuer le petit orteil. Tu ne peux pas savoir à quel point il a peur...

L'envoûteur s'approcha de Hapsout. Il lui asséna deux puissantes gifles. Les yeux du jeune homme ne cillèrent même pas. Les doigts de Merab avaient zébré ses joues d'empreintes rougeâtres. Le vieux lâcha un rire sardonique. Il tapota le crâne rasé du malheureux en lançant d'une voix criarde :

— N'est-ce pas que tu as peur, Hapsout ?

Évidemment, le captif resta muet. Ses traits étaient toujours sereins et son sourire persistait. Le sorcier haussa les épaules. Il se tourna vers Baka et afficha un air moqueur pour dire :

— Le problème, c'est que, lorsqu'un homme se retrouve dans cet état, il n'a pas beaucoup de conversation… Malgré tout, je peux percevoir ce qu'il pense… Ce jeune imbécile voudrait mourir, tellement il est terrifié. Si je l'avais enfermé dans la cage que tes gaillards m'ont apportée, Hapsout aurait peut-être tenté de se tuer en se cognant la tête contre les barreaux. En ce moment, il n'a aucune chance de se mutiler. Il ne peut même pas se ronger les ongles. Lorsque sa transformation débutera, il sera intact. Je veux que ma créature soit parfaite. Je ne laisserai pas ce crétin abîmer la matière. De plus, je n'ai pas envie de l'entendre pleurnicher… Quand cesseras-tu de douter de mes intentions, Baka ?

Le maître gonfla ses poumons pour se donner une contenance. Il se garda cependant de répondre. Il observa un moment le grand bassin de terre cuite qui se trouvait près de l'autel. Son regard survola ensuite la multitude d'objets étranges qui encombraient le plan de travail. Les sourcils froncés, Baka demanda d'un ton calme :

— Serais-tu sur le point de passer à l'action, Merab ?

— En effet, Baka. Je dispose maintenant de tout ce dont j'ai besoin pour procéder à l'ensorcellement de la fille adorée du pharaon. J'attendrai l'aube avant d'agir.

— Qu'est-ce qui te fait croire que l'envoûtement d'Esa pourrait causer la perte du sauveur de l'Empire?

— Je sais ce que je fais, Baka. Si je parvenais à tromper la sorcière d'Horus, la partie serait presque gagnée. La science que possède Sia est considérable. À mon avis, elle identifiera rapidement le mystérieux mal qui affligera la princesse. Mon envoûtement sera, en apparence, facile à conjurer. Mon ennemie n'y verra sans doute que du feu. J'emploierai un sort que son peuple utilise fréquemment à la seule fin de se divertir. Sia croira que j'ai surestimé l'efficacité de ce banal ensorcellement. En sachant que le danger qu'un tel sort peut entraîner est long à se manifester, elle jugera qu'elle aura amplement le temps d'agir. La princesse dormira paisiblement. Elle évoluera au cœur d'un monde imaginaire qu'elle ne voudra surtout pas quitter. Esa n'aura même pas l'impression de rêver. Elle ne pourra donc pas s'extirper de ce songe en faisant appel à sa propre volonté. Toutefois, après trois jours de cette léthargie, si personne n'est intervenu pour lui faire prendre conscience de la réalité, la merveilleuse fille de Mykérinos mourra dans l'euphorie. La sorcière d'Horus ne peut ignorer cette tragique conséquence. Pour sauver Esa, elle devra suggérer à Leonis de la rejoindre dans son rêve. S'il accepte, je peux t'assurer que ce sera la fin du sauveur de l'Empire.

Le maître observait Merab d'un regard hébété. En se mordillant les lèvres, il l'interrogea :

— Pour quelle raison la sorcière n'irait-elle pas elle-même sauver la princesse? Pourquoi pousserait-elle l'enfant-lion à risquer sa vie?

— La sorcière d'Horus ne flairera pas le piège, Baka. Comme je te l'ai dit, cet envoûtement est souvent utilisé par le peuple de Sia. Ses semblables s'en servent généralement pour chasser l'ordinaire. Ils se laissent envoûter et, pendant un jour ou deux, ils expérimentent le bonheur d'évoluer dans des environnements qu'ils jugent idéaux. C'est un peu comme des vacances; à la différence que, durant ces voyages oniriques, le sujet se repose complètement. S'il est interrompu à temps, ce profond sommeil n'est aucunement dommageable. Le moment venu, la sorcière qui a procédé à l'envoûtement se glisse dans le songe pour ramener le dormeur dans le monde réel. J'ai dit « sorcière », parce que, dans le monde de Sia, la magie est surtout pratiquée par des femmes. Lorsqu'une sorcière jette ce sort, elle peut pénétrer sans mal dans le rêve du sujet envoûté. Puisque j'ensorcellerai Esa, je serai en mesure de me manifester dans son esprit. Leonis pourra faire de même. Il en sera capable parce que son image sera déjà présente dans le lieu idyllique imaginé par la princesse. Esa ne connaît pas Sia. La sorcière d'Horus ne pourra donc pas prendre corps dans son songe... Ces derniers temps, j'ai amplement sondé les pensées de la fille de Mykérinos. Elle caresse le désir de vivre loin du faste qui l'entoure. Elle rêve chaque soir qu'elle habite une jolie maison blanche construite sur la rive du Nil. Celui qu'elle aime est à ses côtés. Tu as sans doute déjà deviné le nom de cet heureux jeune homme, Baka...

— La fille de mon cousin serait amoureuse de Leonis...

— Eh oui, Baka! C'est étonnant, non? Le cœur de la plus convoitée des beautés d'Égypte bat pour un ancien esclave! Les femmes de la famille royale sont étranges... Prenons ta sœur, par exemple: elle est amoureuse de l'un de tes anciens combattants, et...

— Ferme-la, sorcier! cracha le maître avec véhémence.

Les lèvres de Merab s'étirèrent dans un sourire railleur. Sans rien ajouter, il se dirigea vers l'autel. Avec précaution, il prit une petite figurine qui reposait sur une planchette de bois. L'effigie avait été façonnée avec de la boue. C'était un modelage grossier et naïf. L'envoûteur l'exhiba néanmoins avec fierté et déclara :

— Je te présente la princesse Esa, Baka. Tu n'as jamais rencontré la fille de ton cousin. Le moment est donc venu de la saluer…

Le chef des ennemis de la lumière fronça les sourcils et pinça les lèvres pour indiquer à Merab qu'il n'avait aucune envie de plaisanter. Le sorcier se rembrunit. Il déposa la figurine sur la planchette avant d'expliquer :

— Cette vulgaire poupée de limon contient les cheveux de la princesse que j'ai rapportés de Memphis il y a quelques jours. Sans ces cheveux, cette figurine serait un objet tout à fait inoffensif. Mais, grâce à eux, la fille de Mykérinos n'est plus désormais qu'un jouet entre mes mains. Je pourrais la tuer tout de suite si cela était nécessaire. La mort d'Esa affligerait grandement Leonis. Seulement, je ne crois pas que cela suffirait à compromettre la quête des douze joyaux. C'est dommage. Car, il y a peu de temps, en créant une effigie comme celle-là, j'aurais disposé de tous les outils pour détruire, sans trop de complications, le grand courage de l'enfant-lion…

— Que te manque-t-il, à présent? questionna le maître. N'ai-je pas veillé à te procurer tout ce dont tu avais besoin?

— Si, Baka. Tu as répondu rapidement à toutes mes attentes. Toutefois, la petite Tati est parvenue à nous échapper… Depuis qu'il a vu le jour, le sauveur de l'Empire a éprouvé beaucoup plus de tristesse que de bonheur. Il a perdu ses parents et il a été vendu comme esclave. L'espoir de retrouver sa misérable petite sœur l'a cependant aidé à traverser les pires moments. Puisque Tati était ta prisonnière, il nous aurait suffi, pour annihiler la volonté de Leonis, de faire coïncider la mort de la gamine avec celle de la princesse. Je crois que ce garçon n'aurait pu se remettre de cette double perte. Son chagrin aurait été à ce point complet que même la vengeance n'aurait pas pu trouver de place dans son cœur. J'ai la conviction qu'il aurait abandonné sa quête… Depuis qu'il a libéré la sorcière d'Horus, il m'est impossible de sonder l'esprit de l'enfant-lion. Malgré tout, j'ai la certitude que, encore aujourd'hui, il serait très démoralisé si j'éliminais Esa. Mais ce serait insuffisant. Leonis adore sa petite sœur. Maintenant qu'il l'a retrouvée, la mort de son amour atténuerait à peine son désir de préserver Tati du grand cataclysme.

Avec mépris, Baka désigna Hapsout.

— Sans cet idiot, maugréa-t-il, la petite serait toujours notre prisonnière.

— En effet, Baka, approuva Merab en se frottant les paumes l'une contre l'autre. Seulement, il ne faut pas oublier que, sans Hapsout, vous n'auriez jamais retrouvé la sœur du sauveur de l'Empire. À Thèbes, ce jeune imbécile est venu me rencontrer. J'ai utilisé ma magie afin de lui indiquer l'endroit où besognait la gamine… Je ne cherche guère à défendre Hapsout. Je n'éprouve que du dédain pour ce cloporte. Toutefois, il ne faut pas jeter tout le blâme sur lui. En confiant Tati à ta propre sœur, tu as pris un trop grand risque, Baka…

— Comment aurais-je pu me douter que ma sœur Khnoumit me trahirait? Tu m'insultes en prétendant que je dois partager le blâme avec Hapsout. Ce rat avait la tâche d'assurer discrètement la garde de Tati…

— C'est tout de même toi qui lui avais confié cette tâche, Baka. Ta sœur aimait beaucoup Tati. Puisque tu craignais qu'elle commette un geste regrettable dans le but de soustraire cette petite pouilleuse à d'éventuelles souffrances, tu as demandé à Hapsout d'ordonner au combattant Hay de surveiller ses agissements. La belle Khnoumit est parvenue à séduire ton guerrier et ils ont planifié ensemble la fuite de Tati…

— Je n'y suis pour rien, vieillard! Est-ce ma faute si Hapsout n'a rien vu du complot qui se tramait? Il s'est laissé berner comme un enfant! Il devait surveiller une femme et une fillette! Qu'y avait-il de si difficile dans une telle tâche? Où veux-tu en venir, Merab? Si tu ne tiens pas à protéger Hapsout, pourquoi tentes-tu de minimiser les erreurs qu'il a commises?

Le sorcier posa une main sur l'épaule du chef des adorateurs d'Apophis. Sans animosité, il répondit:

— Je veux te faire comprendre que tu ne peux te fier à personne, Baka. Tu as tout donné à ta sœur. Pourtant, elle t'a trahi. Je suis ton seul véritable allié. Je sais que tu me crains. Tu estimes que je pourrais t'écarter de ton trône. C'est ridicule. Sache que, si j'avais cherché la gloire, il y aurait bien longtemps que le trône des Deux-Terres m'appartiendrait… Je suis un sorcier, Baka. Rien ne m'intéresse davantage que mon œuvre. Quant à toi, tu rêves de voir la mort déferler sur l'Égypte. Tu fais croire à tes adeptes qu'ils navigueront tous dans la grande barque de Seth lorsque viendra la fin des fins. Mais, cette prophétie n'est qu'un mensonge.

Le dieu du chaos ne t'a rien promis de tel. Tu n'as même jamais rencontré Seth… C'est par l'intermédiaire d'un messager qu'il t'a guidé vers l'œuf d'Apophis… Tu as fait bâtir le Temple des Ténèbres afin de vouer un culte au grand serpent. Telle était ta mission, Baka. Tu l'as accomplie, mais Seth ne t'a jamais laissé entendre qu'il était satisfait. Tu n'es rien pour lui. Tu le sais parfaitement. Lorsque la colère de Rê anéantira les hommes, tu mourras comme tous les habitants de l'Empire. Quand ton cœur cessera de battre, tu ignores où ira ton âme. Pourtant, cela t'importe peu. Tu ne pourrais même pas définir ce qui te pousse à mépriser la vie comme tu le fais. Tu souhaites assister à l'anéantissement des mortels. Ta volonté serait de voir le mal engloutir les beautés de ce monde. J'ai également consacré mon existence au mal, Baka. Je suis donc de ton côté. Seulement, si tu ne prêtes pas une oreille attentive à mes conseils, tes hordes seront bientôt décimées et tu périras avant le jour du grand cataclysme. Ce soir, je t'ai demandé de venir pour que tu m'écoutes…

Baka hocha mollement la tête. Il fit quelques pas pour s'adosser contre l'autel de granit. Après un long silence, il croisa les bras pour affirmer :

— Je t'écouterai, Merab. Je suivrai tes conseils.

— Très bien, Baka, reprit le sorcier avec gravité. En premier lieu, je dois t'avouer que la sorcière d'Horus me cause quelques soucis. Je n'ai encore rien fait, mais elle besogne avec acharnement dans le but de contrer mes éventuelles attaques. Comme tu le sais, à moins de me retrouver physiquement en leur présence, il me sera impossible d'ensorceler le sauveur de l'Empire et ses deux amis. Sia a utilisé sa magie pour les prémunir de mes envoûtements. Elle n'allait certainement pas s'arrêter là. Ces derniers jours, j'ai éprouvé beaucoup de difficulté à connaître les intentions de l'enfant-lion et de ses compagnons. La sorcière d'Horus a entouré la maison de Leonis d'un voile magique qui empêche mon esprit d'y pénétrer. Heureusement, les trois gamins et ma vieille ennemie ont été conviés au palais par Mykérinos. Le pharaon refuse la protection de Sia. Or, j'ai pu m'infiltrer dans la demeure royale pour épier la réunion qu'ils ont tenue cette soirée-là. Je peux t'apprendre que le troisième coffre n'a pas été ouvert. Dans quelques semaines, Leonis serait censé procéder à son ouverture. Mais, étant donné que l'élu rejoindra bientôt le royaume des Morts, Mykérinos se verra contraint de revoir ses plans… Donc, pour le moment, il est inutile de se préoccuper des trois derniers joyaux de la table solaire. En fait, ce qui me tracasse le plus, c'est la menace qui te guette, Baka…

Le maître des adorateurs d'Apophis affecta l'indifférence. D'un mouvement du menton, il convia Merab à poursuivre son exposé. Le sorcier de Seth s'exécuta sans attendre.

— La mort de Leonis ne mettra pas un terme à la quête des douze joyaux. Toutefois, puisque l'élu est le seul être à pouvoir sauver l'Empire, je ne crois pas que l'offrande suprême sera livrée à Rê. Tu peux cependant être assuré que Mykérinos mettra tout en œuvre pour débusquer et éliminer tes hordes, Baka. Dans peu de temps, le pharaon réunira une armée particulière. Cette troupe d'élite sera entraînée dans un ancien camp militaire situé dans le Fayoum. Le recrutement des combattants qui la formeront se fera au cours des prochaines semaines…

— Je n'ai aucune raison de m'inquiéter de cette initiative, Merab. Les armées de l'Empire grouillent d'adorateurs d'Apophis. Grâce à ces hommes, je connais d'avance les intentions de nos ennemis. Et puis, cette petite armée comptera assurément quelques-uns de mes gaillards dans ses rangs. Ce beau projet n'ira nulle part, crois-moi. Les soldats du pharaon sont très peu aguerris. Quand vient le temps des semailles, ils sont nombreux à délaisser les armes pour aller travailler dans les champs. D'aussi piètres guerriers ne pourraient rivaliser avec mes redoutables Hyènes, qui s'entraînent chaque jour depuis des années.

— Le soldat Menna s'est déjà mesuré à tes combattants d'élite, Baka. À lui seul, il en a tué neuf. C'est cet habile jeune homme qui commandera ce corps d'élite. Afin d'être certain de la loyauté des hommes qui gagneront le Fayoum, Sia sondera les pensées de chaque recrue. À ce petit jeu, elle est aussi forte que moi… Si j'étais toi, Baka, j'ordonnerais à tous les adorateurs d'Apophis qui occupent un poste au sein des armées du royaume de déserter sur-le-champ. Car, si un seul d'entre eux se retrouvait devant la sorcière d'Horus, ton repaire serait rapidement localisé. C'est une certitude : il n'y aura aucun traître dans la troupe destinée à attaquer le Temple des Ténèbres. Tu es en danger, Baka. Tu dois à tout prix rappeler tes espions. Le plus vite sera le mieux.

Le maître exprima son désaccord sans trop de conviction.

— Je… je ne peux tout de même pas ordonner à mes hommes de déserter, sorcier…

Nos succès dépendent des informations qu'ils nous communiquent. Nous… nous aurions trop à perdre…

— Tu perdrais beaucoup plus si tu refusais d'agir, Baka. De toute manière, grâce à mes facultés, je saurai me montrer aussi efficace que tes hommes. Malheureusement, j'ai le sentiment que je ne pourrai rien t'apprendre sur le corps d'élite dirigé par Menna. Le camp sera sans doute sous la protection de Sia… Cette sorcière a du cran. Encore une fois, elle ose se mêler de ce qui ne la regarde pas. Je suis beaucoup plus puissant qu'elle. Elle le sait, pourtant. Il me tarde de la revoir. Il y a deux siècles, je lui ai jeté un sort affreux qui la condamnait à la solitude. Je lui ai laissé la vie par pure cruauté. Les morts ne souffrent pas, et je voulais qu'elle souffre. La prochaine fois, j'ai bien l'intention de ne pas jouer avec Sia… Je l'écraserai comme un insecte !

8
L'ENVOÛTEMENT

Le petit Chery était presque remis de ses émotions. La veille, la voix féminine qui avait hanté son esprit durant trois jours s'était enfin tue. Cette voix aux douces intonations avait répété inlassablement cette phrase énigmatique : « Je suis Sia, la treizième sorcière du temple d'Horus, et je veux que les Anciens sachent que la fille de Maïa-Hor est vivante. » Quand le phénomène s'était manifesté, Chery dormait sur le tapis de chaume malodorant qui lui servait de lit. Le serviteur du sorcier Merab avait sursauté. Il avait ouvert les yeux dans l'obscurité de l'étable souterraine qu'il partageait avec trois bœufs et six ânes. En dépit de la voix qui résonnait toujours, les bêtes demeuraient calmes. Chery avait allumé une lampe. Avec stupeur, il avait vite constaté qu'il était seul avec les animaux. Il avait cherché la femme dans tous les coins obscurs de l'étable, mais, peu importe l'endroit où il s'était dirigé, le son de la voix n'avait subi aucune variation. À tout instant, Chery eût pu jurer que la mystérieuse Sia se trouvait tout près de lui. Le petit avait déposé sa lampe sur une pierre pour plaquer ses paumes sur ses oreilles. À ce moment, il avait compris que l'incessante phrase provenait de son esprit. Cette constatation l'avait pétrifié. Longtemps, il était resté debout contre la cloison de granit. Il n'avait remué que pour se laisser choir avec mollesse sur la couche de fumier qui recouvrait le sol. Il venait de reconnaître cette voix. Il l'avait déjà entendue en rêve. Il y avait presque deux siècles de cela. Toutefois, étant donné que ce songe avait été le premier et le dernier de sa triste et longue existence, Chery ne l'avait jamais oublié.

Malgré ses apparences de bambin, le serviteur de Merab était très vieux. À l'époque du rêve, il partageait la vie du sorcier depuis vingt ans déjà. Merab avait toujours prétendu que l'éternel enfant était sa créature. Selon ses dires, il avait façonné le corps de Chery dans de la bouse de vache. Il l'avait également muni d'un esprit subtilisé à une mouche. Ensuite, pour lui donner vie, l'envoûteur avait craché sur son œuvre. Le petit être avait longtemps cru cette histoire. Un jour, il s'était éveillé dans la tanière du vieil homme. Il savait déjà parler et marcher. Il s'alimentait normalement, et il soulageait ses besoins naturels aux endroits prévus à cet effet. Chery pouvait également accomplir de nombreuses tâches sans les avoir apprises. Pour le reste, sa mémoire était vide. Manifestement, sa vie avait débuté dans la tanière de son créateur. Rien ne lui permettait d'en douter. De toute façon, Chery savait que toute protestation de sa part lui eût immanquablement occasionné de vives souffrances. Durant ses vingt premières années de vie, le petit serviteur ne s'était guère interrogé au sujet de sa venue au monde. Et, sans cet unique rêve qui était venu bouleverser ses croyances, les choses en seraient probablement demeurées là.

Dans ce songe, Chery était assis sur les genoux d'une femme. Elle lui caressait les cheveux et il se sentait bien. La dame avait une voix douce. À maintes reprises, elle avait murmuré à son oreille : « Je t'aime, mon enfant. » Le petit s'était réveillé en sursaut. Par la suite, il n'était pas parvenu à se rendormir. Il avait beaucoup pensé à ce rêve. En s'imaginant que la gentille étrangère du songe était peut-être sa mère, il avait senti son cœur se gonfler d'espoir. En ce temps, Merab pouvait aisément sonder l'esprit du petit. Le lendemain, le sorcier avait perçu les espérances du garçon. Avant de le punir sévèrement, il lui avait rappelé en hurlant qu'il n'avait pas de mère, et qu'il n'était rien d'autre que sa créature. Ce jour-là, le serviteur avait beaucoup souffert. La vive réaction de Merab avait cependant fait croître le grain de doute qui venait d'éclore en son for intérieur. Quelque chose lui disait qu'il avait peut-être eu une autre vie avant d'ouvrir les paupières dans le sordide repaire de l'intransigeant vieillard.

La voix qui, ces derniers jours, avait hanté Chery était identique à celle de la gentille dame qui avait animé ce rêve d'un temps lointain. En constatant ce fait, le petit avait éprouvé un mélange de surprise et de curiosité. Pour lui, les mots qui résonnaient sans interruption dans son esprit ne voulaient rien dire. Il avait néanmoins songé que cette femme cherchait à lui transmettre un message. À l'époque où Merab pouvait encore pénétrer son âme, le sorcier utilisait souvent la télépathie pour communiquer avec son serviteur. Il était donc possible à une personne possédant ce genre de faculté d'avoir recours à cette méthode. Chery avait réussi à chasser ses angoisses, et, durant quelques heures, il avait tenté de trouver un sens aux paroles qu'il percevait.

Depuis toujours, Merab se targuait d'être l'unique sorcier du monde. Seulement, puisque Chery possédait lui-même quelques pouvoirs magiques, il savait fort bien que son maître avait tort. Dans son message, Sia disait qu'elle était la treizième sorcière du temple d'Horus. Le petit avait accueilli cette affirmation sans même songer à récuser son authenticité. En Égypte, il y avait des dizaines de temples dédiés au dieu-faucon. À quel endroit se situait celui dont il était question dans la phrase de la sorcière? La femme parlait également des Anciens et de la fille de Maïa-Hor... Chery ignorait tout de ces gens. Accroupi dans un coin de l'étable, il avait espéré que la voix lui communiquerait d'autres informations. Seulement, rien de semblable ne s'était produit. La phrase s'était répétée sans changer de timbre ni de rythme. Après quelques heures, le petit avait commencé à douter de sa raison. Le jour suivant, il était convaincu de sa folie. Au cours de cette pénible expérience, Merab n'avait heureusement pas eu besoin de lui. Chery avait donc pu se soustraire aux inévitables inter-rogations de son maître. Durant les trois jours qu'avait duré son mystérieux mal, le petit était demeuré auprès des animaux. Quand la voix s'était enfin tue, il était épuisé. Dans les heures qui avaient précédé ce silence inespéré, le malheureux avait maintes fois songé à rejoindre le sorcier dans le but déraisonnable de lui demander son aide. En constatant que son serviteur était devenu fou, le vieux se serait sans doute moqué de lui. Il l'aurait peut-être même puni, car Merab ne ratait jamais une occasion de lui infliger une punition. Mais Chery n'en pouvait plus. Il avait envie de se heurter la tête contre la pierre pour faire taire cette voix qui le tourmentait. Par bonheur, aussi spontanément qu'il s'était manifesté, le supplice avait pris fin.

Chery se trouvait maintenant dans les quartiers du sorcier Merab. Toute la nuit, il avait été contraint à observer son maître qui s'affairait à préparer un sort. De temps à autre, l'envoûteur lançait un ordre au garçon qui s'empressait d'obéir. Le vieillard était à ce point occupé qu'il n'avait pas remarqué que le petit avait les traits tirés. Cela valait mieux. Chery ne désirait pas attirer son attention. Tandis que Merab se consacrait à sa tâche, son serviteur s'était efforcé, autant que possible, de demeurer dans l'ombre.

Le sorcier souleva un bol pour verser le liquide noir qu'il renfermait dans une jarre étroite aux flancs inégaux. Lorsque ce fut fait, il déposa les deux contenants sur son plan de travail pour jeter avec satisfaction :

— C'est terminé! Il ne me reste plus qu'à procéder à l'envoûtement! J'aurai besoin de ton aide, moustique...

— Très bien, maître Merab, répondit Chery.

— J'espère que tu ne commettras pas d'erreur, pauvre idiot. La tâche que je dois te confier pourrait être accomplie par un babouin. Si tu t'avisais de gâcher quoi que ce soit, je me procurerais un chat et je te transformerais en souris pour le bon plaisir de ce sac à puces.

— Je ne commettrai pas d'erreur, maître Merab.

L'envoûteur se dirigea vers le large bassin circulaire qui reposait à proximité de l'autel. Le récipient était rempli d'eau. Il était peu profond, mais suffisamment grand pour permettre à un homme de s'y étendre de tout son long. Le vieillard fit signe à Chery de s'approcher. Le petit serviteur vint le rejoindre.

— Tu vas assister à un phénomène... particulier, moustique. Tu trouveras sans doute cela très joli, mais je t'interdis d'émettre un seul soupir. Contente-toi d'admirer ma force et ne remue pas un cheveu de ta vilaine tête.

Le petit acquiesça silencieusement. Le sorcier s'étira pour saisir un sachet de cuir qui se trouvait sur l'autel. Son pouce et son index plongèrent dans le petit sac. Devant le visage impassible de Chery, Merab exhiba ensuite une pierre translucide comme une larme. Sans rien dire, le vieillard se tourna vers le bassin. Il laissa tomber le caillou cristallin au centre du récipient. L'objet toucha le fond sans que rien d'intéressant se produisît. Puis, quelques bulles minuscules jaillirent de la pierre. Un fil blanchâtre se forma dans l'eau. Un instant plus tard, un petit tourbillon dessinait un cercle à la surface du bassin. Le tourbillon grossit jusqu'à atteindre la largeur d'une main. Il forma un cylindre parfait à l'intérieur duquel ne subsistait plus la moindre goutte d'eau. Merab était parvenu à créer un trou dans le liquide !

Chery était estomaqué. Il évita toutefois de le montrer. Le sorcier marcha jusqu'à l'autre extrémité de son plan de travail. Il en revint avec la fruste représentation de la princesse Esa. Le vieil homme se pencha sur le rebord du bassin pour déposer la figurine au milieu du vide provoqué par la pierre magique. Merab prononça quelques paroles gutturales. Ses mains osseuses exécutèrent des mouvements sinueux au-dessus de l'eau. Le contenu du grand bassin se mit à tourner lentement autour du trou qui renfermait l'effigie d'Esa. Le sorcier fit face à Chery pour annoncer :

— C'est peut-être difficile à croire, moustique, mais cette affreuse figurine représente l'une des plus belles jeunes filles d'Égypte. Je n'ai vraiment aucun talent artistique… Au fond, tu n'as qu'à te regarder pour constater que mes créations ont toujours été disgracieuses… Mais cela m'importe peu. Mes envoûtements n'ont jamais souffert de mon manque de finesse. En ce moment, la princesse Esa se retrouve captive du plus doux rêve qui soit. Dans quelques heures, ses servantes constateront qu'elles ne pourront pas la réveiller. Une seule personne connaîtra le moyen d'y parvenir. Lorsque les médecins de la cour avoueront leur impuissance, le pharaon n'aura pas d'autre choix que de faire appel à cette personne…

Le petit serviteur balbutia:

— Par… parlez-vous d'un… d'un autre sorcier, maître Merab?

— Il n'existe aucun autre sorcier, moustique! Et puis, je ne t'ai pas autorisé à prendre la parole! La personne dont je te parle est tout simplement… un peu plus savante que les ridicules médecins du roi. Je me servirai de cette personne pour éliminer l'enfant-lion. Maintenant, je vais t'expliquer ce que j'attends de toi. Cesse de m'exaspérer avec tes questions idiotes et essaie de comprendre ce que je te dirai. Tu as intérêt à accomplir convenablement ta besogne, sinon…

Le petit baissa les yeux. Merab regagna l'autel. Il appliqua un curieux couvercle pointu sur le goulot de la jarre étroite qui contenait le liquide noir préparé plus tôt. L'envoûteur plaça ensuite le récipient en position horizontale sur un support de cuivre qui jouxtait le bassin. Le col de la jarre surplombait l'eau. En mordant dans chacun de ses mots, le vieux expliqua :

— Dans quelques heures, moustique, je m'allongerai près de ce bassin. Je m'endormirai, et je ne veux surtout pas que tu me réveilles. Je me lèverai beaucoup plus tard pour achever l'envoûtement. D'ici là, je t'autorise à dormir aussi, mais je ne veux pas que tu quittes cette pièce. Tu m'as bien compris ?

Chery approuva d'un signe de tête. Merab poursuivit :

— À mon réveil, je retirerai la cheville de bois qui est insérée dans le couvercle de la jarre. Le liquide noir qu'elle contient s'écoulera goutte à goutte dans le bassin. Je terminerai l'envoûtement et je me recoucherai pour m'endormir de nouveau. Durant mon sommeil, tu devras veiller à ce que l'écoulement ne s'interrompe pas. Mon dispositif est parfaitement au point. Il se pourrait néanmoins que de petites particules obstruent le passage du liquide. Si cela arrivait, tu n'aurais qu'à prendre un chiffon humide pour nettoyer l'embout du couvercle. Malgré ta faible intelligence, crois-tu que tu seras assez alerte pour accomplir cette tâche, moustique?

— Oui, maître Merab, répondit le petit dans un murmure.

— C'est bien, fit le sorcier. J'ai dit à Baka que je ne voulais pas être dérangé. Des gardes ont été chargés d'empêcher quiconque de pénétrer dans le couloir menant dans mes quartiers. J'aurai besoin du calme le plus complet. Tant que mes yeux seront clos, je veux que tu demeures silencieux comme la pierre.

Après cette recommandation, le vieil envoûteur se plongea dans ses pensées. Il porta ensuite son regard sur la figurine d'Esa. L'eau du bassin tournoyait toujours autour du vide surnaturel qui cernait l'effigie. D'une voix empreinte de certitude, Merab déclara:

— Dès que l'enfant-lion pénétrera dans l'esprit de sa belle, le piège se refermera sur lui. Personne ne pourra rien y changer. Dans peu de temps, l'âme de la princesse entraînera celle de Leonis dans le royaume des Morts. Mon piège aura fonctionné. Malgré tout, rien ne pourra m'empêcher de m'amuser un peu avec le sauveur de l'Empire... J'ai le sentiment que j'aurai beaucoup de plaisir à berner ce gamin. Je ne peux tout de même pas l'éliminer sans avoir eu le bonheur de faire sa connaissance… Prépare-toi, Leonis, car le sorcier Merab que tu redoutes tant te convie à un fort désagréable rendez-vous…

9

UN TROP LOURD
SOMMEIL

Leonis lança un appel bref et strident. Au-dessus des jardins, le faucon Amset décrivit une série de boucles serrées. La croix noire de sa silhouette se figea dans le ciel incandescent du crépuscule. Les ailes de l'oiseau se replièrent et il plongea. L'enfant-lion tendait son bras gauche. Ses yeux verts fixaient le faucon qui fondait sur lui à une vitesse impressionnante. Amset ne déploya ses ailes qu'à trois coudées de son objectif. Quand l'oiseau de proie referma ses serres sur le poignet gainé de cuir du sauveur de l'Empire, le visage de ce dernier se tordit dans un rictus d'inquiétude. Amset se stabilisa en quelques battements d'ailes. Leonis poussa un glapissement de triomphe. La manœuvre avait été parfaite ! Sia s'exclama :

— C'était extraordinaire, mon ami! Le choc a à peine fait bouger ton bras!

— J'ai tout de même fermé les yeux, Sia. Encore une fois, j'ai eu l'impression que cet oiseau ne pourrait pas s'arrêter à temps. Amset et son frère Hapi sont vraiment très rapides!

La fascination se lisait dans le regard de Leonis. Il caressa le bec de l'animal qui se tenait en équilibre sur son poignet tremblant. Soudainement, la sorcière d'Horus toucha l'épaule du garçon.

— Je crois que nous avons de la visite, annonça-t-elle.

Du menton, Sia désigna l'allée principale. Le sauveur de l'Empire aperçut le grand prêtre Ankhhaef qui venait dans leur direction. Il allait d'un pas pressé et sans élégance. Leonis devina tout de suite que l'homme de culte était porteur d'une mauvaise nouvelle. D'une voix chargée d'appréhension, il commenta:

— Quand le noble Ankhhaef se hâte ainsi, ce n'est jamais bon signe.

Sia n'ajouta rien. Son visage était grave. L'enfant-lion leva légèrement le bras. Amset prit son envol. Il rasa les sycomores pour aller se poser sur la terrasse de la demeure de Leonis. La femme et l'adolescent marchèrent à la rencontre d'Ankhhaef. Ils étaient encore à bonne distance du prêtre lorsque Sia murmura:

— Je le savais… Ce n'était qu'une question de temps…

— De quoi parles-tu, Sia?

La sorcière jeta d'une voix blanche:

— Tu le sauras bientôt, mon ami.

Ankhhaef les rejoignit. À bout de souffle, il bredouilla:

— Pha… Pharaon a… besoin de vous, mes braves.

— Qu'y a-t-il? demanda le sauveur de l'Empire.

Le grand prêtre passa une main nerveuse sur son crâne chauve. D'un air perplexe, il répondit:

— En fait, nous l'ignorons, enfant-lion… Personne n'est en mesure de se prononcer… C'est… c'est la princesse Esa…

— Ne me dites pas qu'il est arrivé malheur à Esa! s'écria Leonis sans pouvoir masquer sa frayeur.

Ankhhaef posa un regard étonné sur le sauveur de l'Empire. Le noble personnage ne savait rien des doux sentiments que partageaient Leonis et la fille de Pharaon. Manifestement, l'inquiétude de l'enfant-lion lui paraissait excessive. L'hésitation du grand prêtre fut cependant de courte durée. Il baissa les yeux pour expliquer:

— Esa dort. Vous me direz que cela n'a rien d'inquiétant. Seulement, ce matin, elle ne s'est pas réveillée. Le jour s'achève et personne n'a été capable de la tirer de son lourd sommeil. Les médecins de la cour ont tout tenté. L'un d'eux a déjà observé un phénomène semblable. Il croit qu'un insecte a piqué la princesse… Pour sa part, Pharaon craint que…

Sia intervint :

— Il a peur que Merab ait quelque chose à voir avec ce mystérieux mal. Est-ce bien cela, Ankhhaef ?

— En effet, Sia, avoua le prêtre. Mykérinos souhaite que tu examines la princesse. S'il s'agit d'un envoûtement, tu sauras peut-être le conjurer… De toute manière, même si le sommeil d'Esa n'avait pas été provoqué par le sorcier Merab, nous aurions besoin de ta science. Car pour le moment, nos médecins sont déroutés. Ils craignent le pire…

— Nous y allons tout de suite, grand prêtre ! clama Leonis.

— J'irai seule, enfant-lion, corrigea la sorcière. Ne proteste pas et rejoins les autres. J'aurai besoin de calme pour évaluer la situation.

Le regard de Sia était résolu. Leonis voulut riposter, mais il se ravisa. Impuissant, il ouvrit les bras et les laissa aussitôt retomber. Le cœur meurtri, il gémit :

— Sauve-la, Sia. Je t'en prie, sauve-la.

— Je ferai de mon mieux, mon brave ami... Maintenant, va!

Le sauveur de l'Empire resta immobile. La sorcière d'Horus lui caressa la joue avant d'accorder ses pas à ceux d'Ankhhaef. Leonis les suivit des yeux jusqu'à ce qu'ils disparussent derrière des buissons jaunis. Dans le silence du jour déclinant, un loriot poussa quelques notes d'une gaieté incongrue.

Ankhhaef entraîna Sia vers les quartiers de la princesse. Avant de la quitter, l'homme de culte lui désigna la porte conduisant à la chambre d'Esa. La sorcière franchit le seuil. Le maître des Deux-Terres se trouvait déjà dans la pièce. Il était seul, agenouillé près du lit de sa fille. Son visage était ravagé par la peur et le chagrin. Le roi observa longuement Sia. Il fut incapable de prononcer un mot. Dans son regard, la détresse et l'espérance s'entremêlaient. Mykérinos se leva. Il s'écarta du lit et, d'un geste tremblant de la main, il invita la femme à s'approcher de la princesse endormie. Au premier regard, rien n'indiquait que la jeune fille était souffrante. Elle semblait simplement plongée dans un sommeil paisible et bienfaisant. Elle portait une robe blanche. Une guirlande de lotus ornait sa tête. Le noir bleuté de ses longs cheveux accentuait la pâleur émouvante de son visage. Sa poitrine se soulevait délicatement et ses cils frémissaient. Ses lèvres pleines dessinaient une moue enfantine. Allongée sur l'étoffe laiteuse qui recouvrait son grand lit, la princesse ne montrait que beauté et quiétude.

Sia posa sa paume sur le front de la dormeuse. Elle ferma les yeux et ses traits se détendirent. La sorcière d'Horus demeura longtemps ainsi. Perclus d'angoisse, Mykérinos tentait de déceler une quelconque émotion sur la figure impassible de l'enchanteresse. Quand celle-ci ouvrit enfin les paupières, un frisson parcourut l'échine du pharaon. La réponse qu'il attendait était sur le point de se faire entendre. Les paroles de Sia lui apporteraient-elles le réconfort ou la douleur ? La sorcière s'éloigna du lit. Elle réfléchit un instant avant de lâcher froidement :

— Merab a agi, Pharaon. Il a envoûté la princesse.

Le maître des Deux-Terres tomba à genoux. Il se mit à pleurer en martelant le sol de ses poings. Au mépris de sa noble condition, il laissa libre cours aux lourds sanglots qui l'oppressaient. Par respect, la sorcière d'Horus lui tourna le dos. Elle avait les yeux rivés sur le rectangle d'une fenêtre lorsque la voix rauque du malheureux se fit entendre :

— Les dieux m'ont abandonné! Rê m'a refusé sa protection! Il a permis au malheur toucher la chair de ma chair. Que signifie cette injustice? Pourquoi le dieu-soleil laisse-t-il son dévoué fils sans défense au profit de ceux qui maudissent son nom?

— Je pouvais vous protéger, Pharaon, lui rappela Sia. Je suis sous le parrainage d'Horus. Les divinités ne vous ont pas abandonné. Vous avez simplement choisi de négliger l'instrument qu'ils vous envoyaient...

— Regarde-moi, Sia, implora le souverain.

La sorcière se retourna pour faire face à Mykérinos. L'homme était toujours agenouillé. Son visage ruisselait de larmes. Sur un ton affligé, il demanda:

— Pourrais-tu conjurer cet envoûtement, Sia? Est-il trop tard pour libérer ma chère Esa du curieux mal qui l'accable?

— À mon avis, il n'est pas trop tard, Pharaon. Je connais bien le sort que Merab a utilisé...

Le roi se leva d'un bond. Il se précipita sur la sorcière pour lui saisir fermement les épaules. Avec exaltation, il bêla:

— Libère-la de cet envoûtement, Sia! Je t'en conjure! Ma fille ne doit pas mourir! Cela me tuerait! Cela marquerait sans doute la fin de la lignée que je représente... Pour l'instant, mon fils Chepseskaf est le seul qui puisse me succéder. Le prince est encore bien jeune. Néanmoins, nous pouvons d'ores et déjà constater qu'il n'a pas l'étoffe pour régner. Sa nonchalance et sa naïveté déçoivent grandement ses maîtres. Ma fille Esa possède le tempérament des bâtisseurs de pyramides... Mon désir le plus cher est de voir l'un de ses fils monter sur le trône des Deux-Terres...

— Et que faites-vous des désirs d'Esa, Pharaon?

Mykérinos fronça les sourcils. Il s'écarta de la sorcière d'Horus et la considéra sans comprendre. Sia esquissa un sourire et reprit la parole.

— Ma question vous étonne, Pharaon. Je n'ai aucun mal à le concevoir. Esa ne pourrait aller à l'encontre de votre volonté. Vous ne l'accepteriez pas. Le clergé et vos sujets ne l'accepteraient pas davantage. Il se pourrait qu'Esa donne un jour naissance à ce successeur que vous espérez tant présenter à la face du peuple. Toutefois, vous devez savoir que votre fille en souffrirait. Car elle ne partage pas vos vues. En vérité, Pharaon, Esa n'est pas heureuse. Chaque heure de son existence princière désagrège son âme aussi sûrement que l'eau ronge la pierre.

— De telles paroles sont insensées! protesta Mykérinos. Ma fille rayonne de joie! C'est une évidence! J'ignore ce qui te pousse à formuler de semblables inepties, mais tu te trompes, Sia!

— Vous êtes libre de le croire, fit la sorcière sans perdre contenance. Seulement, si vous tenez à comprendre le mal qui afflige Esa, vous devrez admettre que je dis la vérité…

Le souverain exhala un soupir d'exaspération. Il se dirigea vers le lit de la princesse. Il prit la main de sa fille dans la sienne et maugréa:

— Parle-moi de cet envoûtement, Sia. Je t'écouterai sans t'interrompre. Il faut mettre fin aux tourments d'Esa.

— Votre fille ne souffre pas, Pharaon. En ce moment, elle évolue dans un rêve… Au temple de Sobek, ma science a sauvé Leonis. Le poison était dans son sang. Vos médecins auraient été incapables de le guérir. Sans moi, cette virulente infection aurait tué le sauveur de l'Empire. L'endroit d'où je viens vous est inconnu, Majesté. Mon peuple existe depuis fort longtemps. Il possède un savoir colossal. Malheureusement, le sorcier Merab a mis la main sur des écrits qui lui ont dévoilé une infime partie de notre science… Le sort qu'il a jeté à Esa provient de mon monde. Nous l'utilisons à des fins bénéfiques et, si nous intervenons à temps, il est sans danger… Merab manque sans doute d'information au sujet de cet envoûtement. Il estime peut-être que, mis à part lui-même, personne ne pourrait le rompre… Mais il fait erreur, Pharaon.

Le maître des Deux-Terres posa sur la sorcière un regard rempli de gratitude. L'amour qu'il avait pour Esa l'exhortait maintenant à reléguer ses doutes derrière une foi aveugle. Puisque cette femme disait qu'elle sauverait Esa, il fallait que ce fût vrai. Mykérinos s'interdisait de contester cette affirmation. Il s'agissait de son unique espoir. Le père n'avait pas lâché la main de sa fille. Elle était douce, tendre et chaude. La vie était encore là. Esa dormait simplement d'un trop lourd sommeil. Sia était en mesure de la réveiller. C'était cela, la vérité. Il ne pouvait exister d'autre dénouement à ce troublant épisode. Avec un sourire pathétique, le roi déclara :

— Tu vas donc pouvoir libérer ma fille, Sia. Si tu préserves sa vie, je te couvrirai d'or.

— Votre fille survivra, Majesté. L'or m'indiffère. Pendant qu'elle dort, la princesse passe de très beaux moments. Tout à l'heure, j'ai pu voir ce qu'elle voyait. J'ai la conviction que vous ne serez pas très heureux de connaître les détails du rêve qui la sépare de nous. Je dois néanmoins vous les révéler… Dans son songe, Esa habite une demeure qui, à ses yeux, vaut bien plus que tous les palais. Pourtant, cette maison n'a même pas les dimensions de cette chambre, Pharaon. Je dois, par malheur, vous apprendre que vous n'apparaissez pas dans cette projection que se fait la princesse d'une vie idéale. Votre grande épouse ne fait pas non plus partie de ce rêve. En fait, une seule personne partage le monde idyllique d'Esa. Puisque l'image de cet être est présente dans le songe, il pourra convaincre votre fille de revenir… Je vous parle d'un jeune homme, Pharaon. Vous avez beaucoup d'estime pour lui. Vous seriez prêt à lui concéder d'inestimables richesses. Mais vous refuseriez de lui offrir l'unique trésor qu'il convoite vraiment. Ce garçon a la tâche de sauver votre royaume. Il doit maintenant soustraire votre fille à l'emprise de Merab… Vous avez bien compris, Majesté: le cœur d'Esa appartient à Leonis… et vous devez savoir que, tout aussi inconcevable qu'il vous apparaisse, l'amour qui les unit ira au-delà de votre volonté.

10

LE ROYAUME
OU L'EXIL

De la terrasse de la magnifique maison du sauveur de l'Empire, Montu avait été témoin, sans pouvoir l'entendre, de la conversation qui s'était déroulée entre Leonis, la sorcière d'Horus et le grand prêtre Ankhhaef. La rencontre s'était vite terminée, et le garçon avait vu Sia et l'homme de culte se diriger d'un pas rapide vers le palais royal. De toute évidence, quelque chose n'allait pas. Montu s'était donc empressé de rejoindre Leonis dans les jardins. Ce dernier l'avait accueilli en pleurant. Les deux amis étaient allés se réfugier dans une petite chapelle. L'enfant-lion avait alors informé son compagnon de l'étrange mal qui touchait la princesse. Montu avait enlacé le malheureux. Durant de longues minutes, ils étaient demeurés silencieux.

Leonis avait recouvré son calme. Il s'était écarté de son ami, puis avait gonflé et vidé ses poumons à plusieurs reprises. En s'essuyant les joues, il avait murmuré :

— Rentrons, Montu. Je veux être présent lorsque Sia reviendra du palais. Je ne tiens pas à ce que Tati me voie dans cet état. Elle s'interrogerait. Je vais donc pénétrer dans la maison par la fenêtre de ma chambre. Si ma petite sœur me demande, tu lui diras que je fais la sieste. Tu guetteras le retour de la sorcière. Dès que Sia posera le pied dans la maison, tu l'inviteras discrètement à venir me retrouver.

Montu avait hoché la tête en guise d'assentiment. Les deux amis avaient quitté la chapelle pour marcher vers la demeure. Le soir tombait.

Leonis était maintenant étendu sur son lit. Une lampe brûlait sur un guéridon de bois sombre qui se trouvait près de lui. L'attente qu'il vivait était insoutenable. Il en voulait à Sia de l'avoir empêché de se rendre au chevet d'Esa. D'un autre côté, il réalisait que sa présence auprès de la princesse eût été inutile. La sorcière d'Horus savait ce qu'elle faisait. S'il restait un infime espoir de sauver son amour, c'était sur les épaules de cette femme que cet espoir reposait. En dépit de cette certitude, l'enfant-lion eût aimé se retrouver aux côtés de sa belle. Le plus récent souvenir qu'il conservait d'elle datait de plusieurs mois. Il souhaitait de tout son cœur que ce doux moment passé en sa compagnie ne s'inscrirait pas bientôt comme le dernier de leur histoire. La maison était calme. Tati et les jumelles se trouvaient probablement dans le quartier des femmes. Malgré le silence ambiant, Leonis n'entendit pas venir Montu. Quand la silhouette du garçon s'encadra dans le rectangle de sa porte, le maître des lieux sursauta légèrement. À voix basse, Montu lui annonça:

— Le grand prêtre Ankhhaef est là, Leonis. Tu dois l'accompagner au palais. Sia a besoin de toi…

Lorsque Leonis atteignit l'entrée du couloir menant aux quartiers de la princesse, Mykérinos l'attendait. Le visage du souverain était maussade. D'un geste, il signifia à Ankhhaef qu'il désirait être seul avec le sauveur de l'Empire. L'homme de culte hocha la tête et s'éloigna. Le pharaon entraîna l'adolescent à l'écart des deux gardes qui surveillaient l'entrée. Sur un ton acerbe, il annonça:

— Le sorcier Merab a envoûté ma fille, enfant-lion.

La gorge de Leonis se noua.

— C'est bien ce que je craignais, Pharaon, dit-il en serrant les dents pour ne pas crier. Existe-t-il au moins un espoir de sauver la princesse? Sia peut-elle intervenir?

— La sorcière prétend qu'Esa survivra. Il semble qu'elle connaisse un moyen de conjurer le sort...

Une bouffée de joie gonfla le cœur du sauveur de l'Empire. Il s'efforça de conserver son sang-froid pour affirmer:

— Nous devons faire confiance à Sia, Majesté. Cette femme est capable d'accomplir bien des prodiges...

Mykérinos laissa planer un silence avant d'expliquer:

— C'est surtout sur toi que je devrai compter, enfant-lion. Sia m'a assuré que tu étais le seul à pouvoir rompre le sort de cet affreux envoûteur...

— Moi! Comment serait-ce possible, Pharaon? Je n'ai rien d'un sorcier!

Le roi lâcha un rire cynique. Il dodelina mollement du chef avant de déclarer:

— Parfois, je me demande si tu n'es pas un sorcier, Leonis. En moins de trois saisons[6], tu as maintes fois suscité mon admiration. Puisque tu es le sauveur de l'Empire, je devais

_____

6. L'ANNÉE ÉGYPTIENNE COMPORTAIT TROIS SAISONS DE QUATRE MOIS.

forcément m'attendre à ce que tu sois un individu particulier. Seulement, ce qui m'étonne le plus chez toi, c'est de constater que, outre ton courage et tes habiletés d'aventurier, tu possèdes des qualités qui pourraient appartenir à un noble… Il y a un an, tu besognais encore comme esclave. Tes mains sculptaient la pierre. Pourtant, dès ton premier jour dans l'enceinte de ce palais, tu te comportais et tu t'exprimais comme si tu avais toujours vécu dans mon entourage. Tu ressembles presque à un prince, enfant-lion. Oui. Presque…

Mykérinos avait prononcé ces paroles sur un ton légèrement méprisant. Leonis se sentait mal à l'aise. Il jugea nécessaire de se justifier.

— Mon père était scribe, Pharaon… Ma mère m'a enseigné les bonnes manières. Si mes parents n'étaient pas morts, j'aurais sans doute exercé le métier de mon père… Il n'y a rien de sorcier dans mon attitude. L'esclavage n'a pas pu détruire ma curiosité. Chaque jour, sur le chantier du palais d'Esa, je faisais en sorte d'apprendre au moins une nouvelle chose. L'esclave ne possède rien, mais personne ne peut lui ravir ce qu'il accumule dans son esprit. Là-bas, la connaissance était mon unique richesse… Et puis, les esclaves ne sont pas forcément bêtes, ô Roi. À mon avis, le nouveau-né qu'on enveloppe de lin a simplement plus de chance que celui qu'on dépose sur la paille…

— De la chance… murmura pensivement le pharaon. Selon toi, c'est tout ce qu'il faut à un homme pour devenir un seigneur… Mais, dis-moi, enfant-lion, crois-tu que la chance soit une chose suffisamment puissante pour permettre au fils d'un scribe d'épouser la fille d'un roi?

La question fit fléchir les jambes de Leonis. Il baissa la tête avec lassitude. Il se sentait comme un voleur surpris en flagrant délit : tout à la fois effrayé et confus. Il avait souvent considéré que son projet d'épouser la princesse n'avait aucun sens. Cependant, jamais le fossé qui le séparait d'Esa ne lui était apparu plus vaste qu'à cet instant. À l'évidence, Mykérinos venait d'apprendre que sa fille était amoureuse du sauveur de l'Empire. Esa lui avait-elle dévoilé ce secret en parlant dans son sommeil? La sorcière d'Horus était-elle responsable de cette révélation? L'enfant-lion ignorait ce qui s'était passé. Mais une chose était sûre : le roi savait. Et, visiblement, la situation ne lui plaisait pas. Leonis ne risqua aucune réplique. Mykérinos, conscient du trouble qu'éprouvait l'adolescent, le laissa longuement baigner dans son embarras avant de dire :

— J'ignore comment tu es parvenu à conquérir le cœur d'Esa, Leonis. D'ailleurs, combien de fois l'as-tu rencontrée? À une ou deux occasions, peut-être? Lorsque Sia m'a appris que la princesse t'aimait, j'ai tout d'abord refusé de le croire. La sorcière m'a prouvé ce qu'elle avançait en me montrant un rouleau de papyrus qu'Esa avait dissimulé dans une jarre. Les hiéroglyphes que ma chère fille a tracés sur ce papyrus sont très éloquents : ils vantent ta force, ta beauté et ton courage ; ils décrivent un amour plus doux que le miel et plus solide que les pyramides... Savais-tu que, selon la princesse, tes yeux scintillent comme les enfants de Nout[7], Leonis? Elle a aussi écrit que tes baisers l'enivrent comme le vin. Est-ce vrai que tes lèvres ont touché les siennes? Alors que certains de mes nobles visiteurs ne sont même pas autorisés à croiser son regard, aurais-tu osé embrasser la fille de Pharaon?

Le sauveur de l'Empire balbutia :

— Je... Que... que puis-je répondre, Ma... Majesté? J'ai... j'ai souvent tenté de convaincre la princesse que je n'étais pas digne de son... de son amour. Je le crois toujours...

---

7. DANS LA MYTHOLOGIE ÉGYPTIENNE, LA DÉESSE NOUT PERSONNIFIAIT LE CIEL. GÉNÉRALEMENT, LES ÉTOILES ÉTAIENT APPELÉES «LES ENFANTS DE NOUT».

Je ne révélerai rien qui pourrait nuire à Esa… Vous l'interrogerez lorsqu'elle sera remise du mal qui l'afflige… Pour l'instant, dites-moi ce que je dois faire pour la délivrer du sort que lui a jeté Merab.

— La sorcière t'éclairera, Leonis… Elle m'a demandé de quitter la chambre d'Esa pendant que vous procéderez à la conjuration du sort. Elle a affirmé que mon angoisse pourrait nuire à sa concentration… Tu dois comprendre mon attitude, Leonis. Aujourd'hui, un sorcier a envoûté ma fille. Du même coup, j'ai appris qu'Esa était sous l'emprise d'un autre ensorcellement : celui d'un jeune individu à qui je ne pourrai jamais accorder sa main. Tu es le sauveur du royaume d'Égypte, Leonis. Tu mérites toute la déférence qui te revient. Malgré tout, je ne serai jamais en mesure de t'élever au rang des princes. Ce serait un sacrilège. Pour le moment, je ne peux que te supplier de délivrer la princesse. Sa mort m'anéantirait. Libère-la, enfant-lion, et ma reconnaissance sera immense. Mais, pour être honnête avec toi, je dois t'aviser que, si tu sauvais Esa, je ferais tout, par la suite, pour qu'elle abandonne l'idée de t'épouser. Si, au mépris de mes efforts, elle ne renonçait pas à toi, je te promets que, le jour où ta quête sera accomplie, je consentirai à te céder ma chère fille.

L'enfant-lion se racla la gorge. Avec incrédulité, il demanda :

— Pourriez-vous agir ainsi, Pharaon ? Esa pourrait-elle réellement devenir mon épouse ?

— Elle pourrait devenir tienne, Leonis. Mais je n'aurai jamais la possibilité de t'offrir sa main comme tu l'entends. Si, à l'encontre de ma volonté, Esa décidait de partager sa vie avec toi, je me verrais malheureusement forcé de répudier la divinité de son sang. Je l'abandonnerais, en quelque sorte. Elle ne serait plus princesse. Après ta quête, tu devrais choisir entre la fortune et ma fille. En choisissant la fortune, tu entrerais en possession de vastes terres. Cent ânes ne suffiraient pas à transporter ton or, tes serviteurs seraient nombreux et tes silos craqueraient sous la pression du grain. Ta petite sœur Tati jouirait d'un avenir heureux... Par contre, si tu choisissais ma fille, vous seriez dans l'obligation de quitter ce palais en n'emportant que quelques vêtements, ainsi que des vivres prévus pour le long voyage qui vous attendrait. Car vous seriez escortés au-delà des frontières de la terre des pharaons. Esa possède un tempérament impétueux, et je sais très bien que, si l'amour qu'elle éprouve pour toi n'est pas qu'une simple fantaisie, il me sera difficile de lui faire entendre raison. J'ai bon espoir d'y arriver, cependant. Dans le cas contraire, je tiendrai ma promesse, enfant-lion. Esa sera tienne. Je l'aime plus que tout, et je ne pourrais supporter de la voir malheureuse. En renonçant à sa destinée, elle blesserait grandement mon cœur. Mais le père que je suis se consolerait sans doute de la savoir vivante dans les bras d'un jeune homme valeureux... Je t'estime au plus haut point, Leonis. Tu ne dois pas en douter. Si tu possédais le sang des rois, j'approuverais votre union avec joie. Par malheur, cela me sera toujours impossible.

— Je comprends, Majesté. Même si je l'aime de toutes mes forces, je vous promets, à mon tour, d'essayer de convaincre Esa que sa place est au palais. Je n'ai pas cherché à ensorceler votre fille. Je n'aurais jamais eu cette audace... Je ne tiens pas à la priver des splendeurs de l'Empire. Mais si son amour est aussi fort que le mien, toutes les richesses du royaume ne parviendront pas à la retenir. Je dois également songer au bonheur de ma petite sœur Tati. Pourquoi serions-nous contraints à l'exil, Pharaon?

— Les entrailles d'une princesse sont sacrées, Leonis. Elles sont vouées aux princes. Elles doivent uniquement engendrer les véritables descendants des rois. Lorsque la fille d'un souverain donne naissance à un garçon, cet enfant est susceptible de devenir l'un des divins fils de Rê. En renonçant à la perspective de mettre au monde un futur pharaon, Esa commettrait un acte impardonnable. En mêlant son sang royal au tien, elle le souillerait. Elle renierait sa nature divine et je serais obligé de la bannir afin de respecter la volonté des dieux. Si cela arrivait, vous n'auriez pas d'autre choix que de quitter le royaume. Esa ne devrait surtout pas tenter d'y revenir. Car sur le sol de l'Empire, son magnifique visage rayonne dans l'âme de tous les sujets... Elle serait vite reconnue... et le peuple accorde rarement son pardon à ceux qui font outrage aux divinités. Ta sœur et toi seriez toujours libres de vous établir en Égypte. Toutefois, après t'avoir vu emporter ce que j'ai de plus précieux en ce monde, je serais très offensé si l'on m'informait que tu as abandonné Esa dans l'unique but de retrouver les bienfaits de ta terre natale.

— Si Esa devenait ma femme, jamais je ne la quitterais. Au fond de moi, je souhaite que vos paroles arriveront à la persuader de demeurer auprès de Votre Grâce. Pour rien au monde je ne voudrais que son nom soit maudit par ce peuple qui la vénère. Je ne doute pas de la détermination de votre fille, mais je crains qu'elle ne soit pas faite pour vivre les désagréments d'une existence errante. La princesse est née pour habiter le magnifique palais que vous lui faites bâtir sur l'autre rive du Nil. Je comptais vous demander sa main… J'ai ma réponse, maintenant. En se livrant à moi, Esa perdrait tout. Je l'aime. Je ne veux que son bonheur… et son bonheur est ici. Si vous me le permettez, je vais maintenant rejoindre Sia, Pharaon. Car ce soir, quel que soit le destin d'Esa, il semble reposer entre mes modestes mains…

11

AMOUR, RANCŒUR
ET SORCELLERIE

Il faisait sombre dans la chambre de la princesse. Sia vint accueillir Leonis sur le seuil. L'adolescent posa un regard inquiet sur le grand lit qui trônait au centre de la vaste pièce. Ce lit était défait et vide. La flamme vacillante d'une lampe faisait tressaillir les flancs arrondis des deux énormes vaches dorées qui l'encadraient. En entrant, Leonis interrogea aussitôt la sorcière :

— Où est Esa ?

— À ma demande, répondit Sia, Pharaon a ordonné aux gardes de placer un petit lit sous une fenêtre. Mykérinos y a lui-même transporté la princesse. Je veux pouvoir me concentrer sans être incommodée par la chaleur… En outre, les effigies de la déesse Hathor qui flanquent le lit d'Esa sont trop encombrantes. J'aurai besoin d'espace pour procéder… Tu ne dois pas t'inquiéter pour elle, mon brave. Merab l'a bel et bien envoûtée, mais le sort qu'il a utilisé sera vite conjuré…

Leonis s'étirait le cou pour tenter d'apercevoir sa belle. Sia se retourna pour désigner un coin faiblement éclairé de la chambre. Elle jeta en souriant :

— La princesse est là-bas, enfant-lion. Tu peux aller la voir un moment. Ensuite, je t'expliquerai ce que tu devras faire pour que ses jolis yeux s'ouvrent de nouveau.

Le sauveur de l'Empire eut envie de se précipiter vers l'endroit que lui avait indiqué la femme, mais ses jambes flageolèrent, sa vision se troubla et il dut s'appuyer contre la cloison pour ne pas perdre l'équilibre. La main de Sia caressa les cheveux de l'enfant-lion. D'une voix douce, elle tenta de le rassurer :

— Sois tranquille, Leonis. Esa n'est pas malade. Tu crains de la voir souffrir, mais tu la trouveras simplement endormie. Elle ressemble à une poupée… Je te répète qu'elle sera rapidement délivrée de cet envoûtement. Tu me crois, n'est-ce pas ?

Leonis hocha la tête avec vigueur. Il inspira profondément et traversa la chambre d'un pas hésitant. Il dut dépasser l'une des deux grandes vaches d'or pour apercevoir le corps allongé de son amour. Il s'approcha d'Esa et la contempla avec émotion. Sia n'avait pas menti : la princesse semblait profiter d'un sommeil paisible. L'adolescent eut l'impression que, pour la réveiller, il n'eût suffi que de lui glisser quelques mots à l'oreille. Au bout d'une longue séparation, il la retrouvait comme il ne l'avait jamais vue auparavant. Elle n'était vêtue que d'une simple robe de lin blanc. Aucun bijou ne la parait. Sa longue chevelure noire et ornée de fleurs blanches encadrait son visage délicat et sans fard. Des mèches onduleuses recouvraient ses épaules frêles, cuivrées et nues. Son teint était mat. Comme les ailes veloutées des papillons, ses lèvres un peu sèches semblaient recouvertes d'une pellicule poudreuse. Dans ce petit lit sans artifice, la fille vénérée du pharaon Mykérinos ne ressemblait pas à une princesse. Sans les apparats qui seyaient à son extraordinaire lignée, la jeune fille rayonnait d'une beauté neuve, pure et émouvante. Jamais le sauveur de l'Empire ne l'avait trouvée aussi ravissante. Il contourna le lit, s'agenouilla et prit la main de son amour dans la sienne pour chuchoter :

— Esa... Douce et belle Esa... Aujourd'hui, mes ennemis ont déchiré mon cœur. En s'attaquant ainsi à vous, ils pouvaient prévoir que je m'écroulerais comme un arbre mort dans un vent de tempête. Heureusement que la sorcière d'Horus est là pour calmer mes craintes… Vous m'avez manqué, Esa. Durant ma longue absence, j'ai dû affronter de nombreux périls. J'ai apaisé mes douleurs, mes peurs et mon désespoir en songeant à vous… Je suis de retour, Esa. Et je vous retrouve au beau milieu d'un lourd sommeil qui empêche ma voix d'atteindre votre âme… Je ferai tout pour voir vos paupières s'ouvrir et pour revoir votre sourire. Je ferai tout, Esa. Même si je sais que ce sera probablement la dernière fois que je vous rencontrerai… Votre père m'a parlé… Il m'a fait une promesse qui ressemblait à une menace. Quand le sort sera rompu, je ferai en sorte de ne plus vous revoir, belle Esa… En ce moment, je pourrais vous voler un baiser. Mais j'attendrai votre réveil pour que vous me le donniez de bon cœur. Même si cela n'est pas permis à un fils de scribe, j'embrasserai la fille du roi. Après tout ce que j'ai accompli, je ne me priverai pas de cette douceur…

À la fin de ma quête, je désirais unir ma vie à la vôtre. Ce soir, Pharaon m'a annoncé qu'il pourrait exaucer ce souhait. Seulement, les sacrifices auxquels vous devriez vous soumettre pour me donner un tel bonheur seraient trop grands… Votre père vous condamnerait à l'exil si vous décidiez de m'offrir votre main. Je lui ai donné raison, mais, en vérité, je lui en veux pour son ingratitude. Il est le maître des Deux-Terres. S'il le désirait, j'ai la conviction qu'il pourrait contourner les règles sans soulever l'indignation du peuple. Ne suis-je pas l'élu des dieux ? Bien entendu, Esa, en devenant ma femme, vous ne pourriez pas donner naissance à un prince. Mais il y a d'autres princes. La lignée de Mykérinos est déjà assurée. Votre père veut que l'un de vos fils lui succède sur le trône de la glorieuse Égypte. Réalise-t-il que, sans moi, le trône lui-même serait condamné ? Au fond, douce Esa, je savais qu'il me fallait renoncer à vous épouser. Je n'ai pourtant jamais cessé d'entretenir la petite flamme d'espoir qui brûle dans mon cœur. Les paroles de Pharaon ont fait vaciller cette flamme. Malgré mon chagrin, je devrais accepter sa décision sans broncher. Mais je n'y parviens pas. Je suis en colère… Je me sens humilié…

La sorcière d'Horus s'était approchée. Leonis leva les yeux et croisa son regard. Sia lui adressa un sourire de compassion avant de dire :

— Ta rancœur est justifiée, enfant-lion. D'autant que, sans toi, la princesse serait bientôt portée au tombeau. Le roi ne pense qu'à lui-même. Mykérinos règne sur l'Égypte, mais, dans le cœur de l'être qu'il aime le plus au monde, c'est toi, le roi. En menaçant de bannir Esa, il savait fort bien que tu songerais sérieusement à renoncer à elle. Lorsque je lui ai révélé que la princesse t'aimait, Pharaon a été secoué. Laisse-lui le temps de réfléchir. Il changera peut-être d'avis... N'abandonne pas Esa, Leonis. Il se pourrait que Mykérinos ne revienne pas sur sa décision de la bannir. Toutefois, je peux t'assurer que l'exil ne la ferait jamais autant souffrir que ce qui l'attend ici. Et puis, le monde est plus grand que tu ne le soupçonnes, mon ami. Au-delà des Deux-Terres, le bonheur existe aussi.

— Tu as sans doute raison, Sia, soupira le sauveur de l'Empire. Ce soir, Pharaon m'a tout de même fait une promesse. Il peut bien garder l'or qu'il destinait au sauveur de son royaume. À mes yeux, Esa vaut mieux que tout cela. Je sauverai le peuple d'Égypte, que les propres actes du roi ont mis en péril. Je livrerai l'offrande suprême et je refuserai toutes les richesses qui me seront dues... Ensuite, s'il le faut, je quitterai l'Empire en compagnie de ma petite sœur et de ma belle Esa. Il ne me restera qu'à espérer que la fille de Mykérinos ne regrettera jamais d'avoir renoncé à la fortune pour suivre un vagabond.

— Dans très peu de temps, tu connaîtras les pensées de la princesse, Leonis. Tu constateras par toi-même que son bonheur ne se trouvera jamais entre les murs d'un palais… À présent, mon brave, je dois te préparer à vivre une expérience exceptionnelle…

La femme s'assit au coin du lit. Leonis se leva et se massa les genoux. Il alla ensuite prendre un tabouret pour s'installer aux côtés de Sia. Il saisit la main gauche de la princesse Esa et, sans la lâcher, il porta son attention sur la sorcière. D'un air triomphant, cette dernière déclara:

— Nous avons de la chance, Leonis. Le sorcier Merab a visiblement sous-estimé mes connaissances. Il a fait usage d'un sort qui n'a aucun secret pour moi. L'erreur qu'il a commise est compréhensible. Mon peuple possède un savoir incommensurable. Aucune de nos sorcières ne pourrait mémoriser entièrement la multitude de formules magiques que contiennent les archives des Anciens. De plus, durant ma longue période de réclusion au cœur des Dunes sanglantes, j'ai oublié une foule de choses… Selon moi, Merab a tenté de me ridiculiser. Ce personnage connaît des sorts qui auraient instantanément provoqué la mort d'Esa. Mais, chaque jour, bien des gens meurent subitement. Si la princesse avait subi une telle fin, les médecins de la cour auraient vite pu attribuer son trépas à une cause tout à fait naturelle. Par contre, l'étrange sommeil dans lequel Merab l'a plongée ne pouvait que piquer la curiosité de ces savants. Le sorcier tenait à ce que Pharaon soupçonne un envoûtement. Il voulait que Mykérinos me permette d'examiner Esa afin que je lui confirme ses craintes. Que serait-il arrivé si je m'étais révélée impuissante à contrer ce sort ? Nul ne pourrait le dire. Cependant, mon ignorance m'aurait certainement placée dans l'embarras. C'est vraisemblablement ce que Merab souhaitait. En éliminant Esa, il savait qu'il te ferait souffrir, Leonis. Mais, plus que tout, il cherchait à miner la confiance que tu m'accordes. Par bonheur, je suis en mesure de déjouer ses plans. L'envoûtement qu'il a choisi n'est pas dangereux. Il nous suffira d'agir avant qu'il ne devienne fatal…

Sur un ton anxieux, l'enfant-lion demanda :

— De combien de temps disposons-nous ?

— Nous avons deux jours, Leonis. Étant donné qu'il te faudra sans doute moins d'une heure pour libérer Esa, nous avons amplement le temps de procéder…

— J'aimerais tout de même me hâter, Sia. Je me sentirai beaucoup plus tranquille lorsqu'elle sera hors de danger…

— Je comprends, mon ami. Nous sommes sur le point de passer à l'action. Je dois simplement t'expliquer ce que j'attends de toi. Tu ne connais rien à la magie. Si je te lançais tout de suite dans cette étrange aventure, tu aurais l'impression de perdre la raison… En ce moment, Esa évolue dans un doux rêve qui est la représentation de l'existence qu'elle désire. Bien entendu, ton image partage ce merveilleux environnement avec elle. Dans ce songe, il n'y a qu'Esa et toi. Tu es donc le seul à pouvoir franchir la barrière du rêve pour la délivrer. En ce qui me concerne, même si je peux très bien percevoir les pensées de la princesse, il m'est impossible de communiquer avec elle. Merab peut le faire, cependant. Puisqu'il a procédé à l'envoûtement, son âme a la possibilité d'évoluer dans l'esprit d'Esa. Il se pourrait bien qu'il te rende visite, Leonis. Mais, si cela arrivait, tu ne devrais pas t'inquiéter. Dans sa forme immatérielle, Merab ne pourrait pas utiliser sa magie pour te jeter un sort.

— Si je comprends bien, je devrai rejoindre Esa dans son rêve…

— En effet, enfant-lion. Tout à l'heure, tu t'allongeras à côté de la princesse. Je vais t'envoûter, et ton âme se retrouvera dans une zone précise de l'esprit d'Esa. Le monde que tu découvriras alors sera impressionnant. Tu flotteras dans le vide et tu verras une multitude de choses étranges. Tu seras dans la zone onirique. C'est en ce lieu qu'évoluent les images et les sensations qui peuplent les rêves. Elles proviennent de la mémoire et de l'imagination d'Esa. Tu trouveras sans doute cet endroit fascinant, mais il sera inutile de perdre ton temps à contempler le paysage. Tu devras localiser un tourbillon. D'ordinaire, les songes se matérialisent dans des tourbillons engendrés par la partie inconsciente de l'esprit. Ces trombes renferment généralement des environnements fondés sur la raison, mais, puisqu'elles absorbent sans discernement les images et les sensations qui flottent dans la zone onirique, les rêves se transforment souvent en situations absurdes. L'envoûtement qu'a utilisé Merab a été conçu par notre peuple. Il possède la particularité de créer un tourbillon qui demeure étanche aux manifestations non désirées. Le sorcier de Seth a sondé les pensées d'Esa. Il a ensuite enfermé sa conscience dans un rêve qui recèle tous les aspects que comporterait sa vie idéale. Dans son royaume, la princesse expérimente le parfait bonheur. Elle ignore qu'elle rêve, et elle ne souhaite certainement pas quitter ce monde idyllique. C'est la raison pour laquelle tu dois intervenir, Leonis. Esa doit quitter le rêve avant que le tourbillon ne disparaisse. Sinon, son âme s'en trouverait déstabilisée. Elle serait incapable de reprendre possession du corps et elle serait condamnée à l'errance…

— Comment devrais-je m'y prendre pour convaincre Esa de revenir?

— Tu devras, en premier lieu, pénétrer dans le tourbillon. Tu y parviendras facilement. En flottant dans la zone onirique, tu auras l'impression d'être aussi léger que la fumée. En fait, tu évolueras sous ta forme immatérielle. Tu percevras les choses d'une manière différente, mais cela n'aura rien de désagréable. Lorsque tu auras localisé le tourbillon, ta volonté te mènera vers lui. En pénétrant dans le songe d'Esa, ton âme devra retrouver ton image. Ta représentation sera, bien sûr, conforme à la volonté de la princesse. Tu n'auras qu'à rejoindre le Leonis du rêve pour en prendre le contrôle. Tu seras toujours sous ta forme incorporelle. Tu auras toutefois la sensation d'habiter ton véritable corps. Ne te leurre surtout pas, mon garçon. Car il ne s'agira que d'une illusion… Pour convaincre

Esa de revenir, tu devras simplement faire le contraire de ce qu'elle attend de toi. Dès qu'elle réalisera que ton comportement est anormal, elle se mettra à douter de ce qu'elle voit. C'est la contrariété qui la poussera à se réveiller. Tu ruineras la perfection de son rêve, en quelque sorte...

Le sauveur de l'Empire se gratta la tête. Sa figure exprimait la perplexité. En fixant le sol, il récapitula :

— Tu vas m'envoûter. Mon âme se retrouvera dans un lieu bizarre. Je n'aurai plus de corps et je devrai localiser un tourbillon. Il me suffira de vouloir me diriger vers ce tourbillon pour que mon âme obéisse. Ensuite, je pénétrerai dans le rêve d'Esa. Je devrai trouver ma propre image et m'en emparer. Lorsque j'aurai la sensation d'avoir repris mon corps, je devrai agir d'une façon étrange afin que la princesse s'interroge sur la réalité de ce qu'elle voit. Si j'y arrive, Esa sera libérée du sort de Merab... Mais pour ce qui est de moi, Sia, comment vais-je revenir ?

— Lorsque tu évolueras dans le rêve, je ne pourrai pas te ramener à la réalité. Mais, dès que la princesse sortira de son lourd sommeil, ton âme réintégrera ton corps. Dans la zone onirique, il serait peu probable que tu t'égares. Toutefois, si cela t'arrivait, je pourrais te faire revenir en te réveillant. Je ne pourrai pas communiquer avec toi par la pensée, mais je pourrai suivre ta progression. Si j'identifiais le moindre problème, je te ranimerais. Nous n'aurions qu'à recommencer. Tout ira bien, mon ami. Avant de réveiller Esa, tu pourras même t'offrir le bonheur de partager une ou deux heures en sa compagnie. Rien ne presse… Tu peux maintenant t'allonger auprès de ta belle, enfant-lion. Dans un instant, tu dormiras à poings fermés.

12

LA ZONE ONIRIQUE

Étendu depuis l'aube sur une natte qu'il avait disposée près du large bassin au cœur duquel s'opérait l'envoûtement de la princesse Esa, le sorcier Merab ouvrit les yeux. Sans quitter sa couche, il éclata d'un rire sardonique qui se répercuta longuement dans le silence de sa tanière. Chery s'éveilla en sursaut. Sans prendre le temps de chasser les vapeurs du sommeil, le petit se mit maladroitement debout. Lorsque le maître se leva, son serviteur était déjà à sa disposition. Dans le bassin, la figurine de limon reposait toujours au milieu du tourbillon surnaturel créé par l'envoûteur. Merab s'étira. Son vieux corps crépita comme du bois dans le feu. Il considéra Chery d'un air railleur pour affirmer :

— Je suis vraiment très fort, moustique. Tout se déroule comme je l'avais prévu. Le sauveur de l'Empire n'ouvrira plus jamais les yeux. Il ne me reste que quelques petites choses à exécuter pour parfaire cet envoûtement... Que devras-tu faire, moustique, lorsque je me recoucherai?

— Je devrai surveiller la jarre, maître Merab. Le liquide noir ne doit pas cesser de couler. Si l'embout du couvercle de la jarre s'obstrue, je devrai le nettoyer avec un chiffon humide. Il faudra aussi que je reste silencieux pour ne pas vous réveiller...

— Ma foi, tu es très brillant, moustique!

— Mer... merci, maî... maître Merab, bredouilla le serviteur.

— Ne vois-tu pas que je me moque de toi, pauvre idiot? Tu trouveras ton chiffon sur l'autel. Juste à côté, il y a un bol rempli d'eau. Tu y tremperas le chiffon. Je ne veux pas que tu utilises l'eau du bassin. Elle ne doit pas être agitée...

— Je ne toucherai pas à l'eau du bassin, assura Chery en serrant les dents.

Le sorcier marmonna une phrase incompréhensible. Il se dirigea vers l'autel pour y prendre un gobelet de cuivre. Celui-ci était rempli du même liquide visqueux que celui qui se trouvait dans la jarre. Merab s'approcha du bassin pour y verser doucement le contenu du gobelet. Le fluide ne se mélangea pas à l'eau. Il demeura à la surface et il s'étala en une petite nappe sirupeuse qui dessina rapidement un cercle parfait. Merab déposa le gobelet vide sur le sol. Il fixa la flaque qui s'allongea pour former une bande étroite. Ce ruban épousa la paroi de terre cuite. Il s'étira encore jusqu'à ceinturer entièrement le pourtour du bassin.

— La barrière est établie, murmura l'envoû-teur. L'enfant-lion est maintenant prisonnier de l'esprit d'Esa.

Merab se pencha ensuite sur la jarre. Il retira la cheville de bois plantée dans le couvercle. Quelques gouttes obscures tombè-rent dans l'eau. Elles furent d'emblée attirées par la bande poisseuse que l'envoûteur venait de créer dans le bassin. L'écoulement se régularisa. Les gouttes se succédèrent bientôt au rythme soutenu des battements d'un cœur. Le sorcier hocha la tête avec satisfaction. Il gagna une nouvelle fois son plan de travail. Il ne lui restait qu'à créer un second tourbillon, après quoi il irait dormir…

Leonis s'était allongé aux côtés de la princesse. Sa hanche touchait celle d'Esa. Il avait pris la main de la jeune fille avant de fermer les paupières. La sorcière d'Horus avait effleuré le front de l'enfant-lion. Aussitôt, il s'était senti glisser dans le sommeil. Son esprit avait virevolté dans une lumière vive et il avait brièvement perdu connaissance. À présent, il se retrouvait dans un lieu incroyable. En toute logique, il eût dû être terrorisé par la situation qu'il vivait. Ses os, sa chair et son sang appartenaient à un autre monde. En lui, rien ne subsistait de l'activité familière de la vie. Il évoluait au cœur d'une étendue vertigineuse où flottaient des milliers de formes imprécises. Malgré l'absence de ses yeux, la vision du sauveur de l'Empire n'avait jamais possédé une telle acuité. Sa parfaite invisibilité lui donnait l'impression que son être n'était plus qu'un œil; un œil doué d'intelligence et de volonté, qui flottait au milieu de nulle part sans éprouver le contact de l'air ambiant. Dans cette forme immatérielle, il avait du mal à se dissocier du vide qui l'entourait. Car telle une goutte d'eau dans les flots du Nil, il ne représentait qu'une particule d'un gigantesque tout. Une semblable expérience ne pouvait logiquement survenir sans donner lieu à quelques émotions désagréables. Pourtant, malgré le fait qu'il n'avait pas de bouche pour le faire, Leonis avait l'impression de sourire. Il se sentait parfaitement bien. Comment eût-il pu décrire cet espace infini où il n'y avait ni ciel ni terre? L'immensité avait la couleur du blé mûr. Une infinité d'images disparates la peuplaient. Ces visions étaient floues et mouvantes comme des reflets dans une eau trouble.

L'image d'un panier rempli de fruits bleus flottait à proximité de Leonis. Bien entendu, l'adolescent ne pouvait que l'observer. Puis, il y eut un éclat de voix. Une autruche passa tout près de l'enfant-lion. L'énorme oiseau filait à vive allure. Il transportait sur son dos un homme ventru qui riait à gorge déployée. Leonis réalisa alors qu'il pouvait percevoir les sons. En vérité, il ne les entendait pas; ils résonnaient plutôt en lui comme des pensées. En battant le néant de ses puissantes pattes jaunâtres, l'autruche s'éloigna. Le rire du joyeux et ventripotent personnage s'éteignit peu à peu.

Le sauveur de l'Empire porta ensuite son attention sur un vase ébréché qui se déplaçait lentement dans l'espace. Soudain, une grenouille, trop grosse pour être vraie, jaillit du récipient. L'amphibien lâcha un puissant rot avant de se mettre à nager vers les hauteurs. N'ayant plus rien à observer dans les environs, Leonis orienta son incomparable vision sur une image qui planait à une trop grande distance de lui pour qu'il pût l'identifier. Il ressentit le vague désir de déterminer de quoi il s'agissait. À une vitesse inimaginable, l'adolescent fut propulsé vers l'objet qui avait piqué sa curiosité. Sa brève et vertigineuse course s'acheva devant la représentation estompée d'un petit garçon accroupi. Muni d'un calame, l'enfant au crâne rasé s'affairait à dessiner une caille sur un morceau de calcaire. Il répétait d'une voix plaintive cette phrase incohérente: «Mon frère est une table et je déteste l'ail.»

Leonis se sentait hilare. Bien entendu, les paroles absurdes et répétées du garçon contribuaient à sa gaieté. Mais l'essentiel de sa jubilation avait été suscité par le très rapide déplacement qui l'avait conduit auprès de l'image du petit dessinateur. L'enfant-lion eut aussitôt envie de retenter l'expérience. Au loin, il distingua une barque. Il formula en pensée le désir de rejoindre ce bateau et, un instant plus tard, il atteignait son but. Il s'agissait de l'image d'un navire royal doté de seize rameurs. Par l'effet de sa volonté, l'enfant-lion survola un moment l'embarcation. Les rameurs musclés et luisants de sueur poussaient des râles sonores. Le bruit de l'eau fouettée par les rames était bien perceptible, mais les pales de bois ne balayaient que du vide. Bizarrement, une forte odeur de gâteau au miel émanait de l'équipage. Le sauveur de l'Empire discerna ce parfum sans trop savoir comment.

Leonis réalisa enfin qu'il n'était pas là pour s'amuser. Il délaissa la barque et mit un terme à son vol véloce pour tenter de localiser le tourbillon dans lequel se déroulait le rêve d'Esa. Pour la première fois depuis sa récente entrée dans la zone onirique, l'enfant-lion remarqua la mince bande noire et continue qui scindait ce prodigieux univers en deux parties égales. Cette observation le laissa indifférent. Il ne pouvait savoir que la lointaine délimitation n'était pas censée se trouver là. Il ignorait aussi que, dans la réalité, la sorcière d'Horus tentait désespérément de le réveiller…

Malgré l'effrayante constatation qu'elle venait de faire, Sia s'était efforcée de garder le silence. Pour rien au monde elle n'eût voulu alerter le roi qui patientait à l'extérieur de la chambre de sa fille. La sorcière se dressait à la tête du petit lit dans lequel reposaient les deux adolescents. Ses mains tremblantes et moites enserraient le crâne de Leonis. Son visage se crispait dans un intense effort de concentration. La femme avait décelé la présence de la barrière avant même que l'âme de l'enfant-lion ne la détectât. De prime abord, Sia était demeurée indécise devant ce phénomène qu'elle ne pouvait reconnaître. L'esprit de l'enchanteresse avait vite sondé cette mystérieuse ceinture de ténèbres. D'emblée, elle avait perçu l'essence maléfique qui la caractérisait. Un frisson glacial avait parcouru son échine.

Mue par une anxiété qui frôlait la panique, la sorcière d'Horus essayait de rappeler l'âme de l'enfant-lion. Normalement, ce retour à la réalité eût dû s'effectuer sans aucun problème. Sia arrivait toujours à percevoir distinctement les pensées de Leonis. Toutefois, le lien qui la retenait encore à lui était insuffisant. Le sauveur de l'Empire ne réagissait pas à ses appels. La sorcière devinait que l'étrange barrière avait quelque chose à voir avec cette troublante situation. Manifestement, le vil Merab avait modifié la procédure du sort inoffensif des Anciens. Il en avait fait un sortilège digne de ses néfastes manipulations. Sia avait mésestimé la science de son vieil ennemi. Le pire dans tout cela, c'était que le sorcier avait probablement prévu une réaction semblable. Il avait envoûté Esa en sachant très bien que la fille de Mykérinos, dans l'environnement idéal de son rêve, évoluerait aux côtés de l'enfant-lion. Il avait pris conscience, sans doute en sondant les pensées de la princesse, que Leonis serait le seul être à pouvoir la libérer de ce sort qui la maintiendrait dans un profond sommeil. Merab avait procédé à l'envoûtement à la manière des Anciens. La femme ne s'était doutée de rien. Elle avait songé que le triste personnage avait commis une grossière erreur. Elle avait eu la conviction que rien de fatal ne pouvait se produire. Le sorcier de Seth lui avait tendu un piège. Elle s'y était jetée comme un poisson dans la nasse d'un pêcheur. Maintenant, Leonis était captif. Son âme errait dans la zone onirique. L'unique chance de survie qui lui restait reposerait désormais dans sa capacité de provoquer le réveil de la princesse Esa. La sueur huilait le front de la sorcière d'Horus. Dans les courts intervalles de ses appels psychiques, elle tentait de trouver une solution. Elle chercha à faire pénétrer son propre esprit dans celui de la jeune fille, mais, comme elle pouvait s'y attendre, elle n'y parvint pas. Au moment où elle constata qu'un second tourbillon venait de naître dans la zone onirique, Sia sentit une immense détresse monter en elle. L'envoûtement prenait une tournure qui dépassait son entendement. Elle ne pouvait comprendre les desseins de Merab, mais elle pouvait facilement se rendre compte que la situation s'aggravait. La sorcière retira ses mains de la tête de Leonis. Elle rejoignit la fenêtre pour respirer un peu d'air frais. Les remords l'accablaient. Elle venait peut-être de condamner à mort le sauveur de la glorieuse Égypte.

En examinant avec attention l'univers dans lequel il évoluait, Leonis localisa un phénomène qui pouvait fort bien être le tourbillon qu'il recherchait. Il s'agissait d'un mince trait d'une teinte légèrement plus claire que l'espace environnant. On eût dit une égratignure sur la toile dorée, infinie et sans nuance de la zone onirique. Leonis se mit aussitôt en route dans le but de déterminer la nature de ce sillon. En dépit du fait qu'il ne pouvait estimer la distance le séparant de son objectif, l'enfant-lion réalisa rapidement qu'il était très éloigné de lui. En effet, malgré la vitesse impressionnante de sa lancée, vitesse qu'il évaluait en dépassant des images qui, de loin en loin, jalonnaient son trajet, le trait tarda à se préciser. Leonis vola donc un interminable moment. Le sillon se transforma peu à peu. Il devint un long serpent vaporeux aux contours ondoyants. Soudain, dans l'élan de sa course, le sauveur de l'Empire remarqua une forme rouge qui fonçait directement sur lui. Il identifia une silhouette d'apparence humaine. Cette image était beaucoup plus précise que toutes celles que l'adolescent avait pu observer depuis son entrée dans la zone onirique. Ce fait l'intrigua, et il jugea bon de s'arrêter pour laisser la vision s'approcher de lui. L'image vint s'immobiliser tout près de l'esprit de Leonis. Elle personnifiait une femme jeune, petite et ronde, qui devait avoir trente ans, tout au plus. Elle avait des joues potelées, un nez aplati, de très grands yeux noirs et des lèvres charnues. Sa chevelure, apparemment indocile, jetait en tous sens ses épis bruns et desséchés. Elle portait une robe rouge qui moulait, telle une seconde peau, les formes replètes de son corps. Leonis constata avec surprise que l'image de la femme pointait sur lui, qui n'était pourtant pas visible, des yeux menaçants. Son étonnement grandit encore lorsque, d'une voix braillarde et suraiguë, la nouvelle venue l'interrogea en mentionnant son nom :

— Que viens-tu faire dans l'esprit de la princesse, Leonis ? Serais-tu responsable de ces inquiétantes manifestations ?

— Qui... qui êtes-vous ? formula mentalement l'adolescent. Comment arrivez-vous à me voir ?

— Je ne te vois pas ! Je sais que tu es là, c'est tout ! Rien de ce qui touche l'esprit d'Esa ne m'échappe ! Je représente l'élément inconscient de son âme ! En quelques mots : je suis sa raison... Je la guide vers ce qui est bon, et je veille surtout à l'éloigner de ce qui est mauvais ! Et, en ce moment, ce qui se passe ici est certainement très mauvais pour elle ! Tout d'abord, il y a eu cette bande noire ! Ensuite, la conscience de la princesse s'est

173

retrouvée captive d'un rêve! Je suis incapable de la rejoindre... Puis, il y a toi, enfant-lion! Si tu as pu te glisser dans l'esprit d'Esa, tu as sûrement quelque chose à voir avec ces bizar-reries! J'attends tes explications, mon gaillard!

13

LE MAÎTRE DU RÊVE

Le sauveur de l'Empire songea à passer son chemin. Sia ne lui avait pas parlé de l'élément inconscient de l'esprit d'Esa. Si la sorcière n'avait pas pris soin de l'aviser de l'existence d'une telle chose, c'était assurément parce qu'il ne devait pas s'en préoccuper. Malgré tout, il crut bon de se justifier auprès de cette image qui prétendait être la raison de la jeune fille. Il émit en pensée :

— Je ne suis pas responsable de ce qui se passe ici. La princesse a été envoûtée. Je suis venu la délivrer du tourbillon qui la retient captive…

— Ah! oui! lança la grosse femme. Tu peux donc deviner dans lequel des deux rêves elle est emprisonnée…

— Deux rêves! s'étonna l'enfant-lion. C'est impossible! Car, selon Sia, il serait censé n'y avoir qu'un seul tourbillon dans la zone onirique…

— Je ne connais pas ce Sia! Qui est-il?

— Il s'agit d'une femme, précisa Leonis. C'est une sorcière. Grâce à elle, j'ai pu m'introduire dans l'esprit de la princesse.

— Et voilà! Je savais bien que tout ça était irrégulier! Une sorcière a envoûté Esa! Comment a-t-elle osé faire une chose pareille?

— Ce n'est pas elle qui a jeté ce sort à la princesse. C'est un sorcier qui l'a fait. Pharaon a demandé à Sia d'intervenir. Je suis ici parce que mon image est présente dans le rêve d'Esa. Je suis le seul à pouvoir la libérer. Dites-moi, est-ce bien le tourbillon que j'aperçois là-bas?

— Cette chose est effectivement un tourbillon, Leonis. Mais, comme je te l'ai déjà dit, il en existe un second. Regarde!

De son index, l'image désignait un point qui se situait à un niveau inférieur. Leonis aperçut un phénomène qui n'avait pas l'aspect filiforme de celui qu'il avait précédemment localisé. Cette manifestation ressemblait davantage à un tourbillon. Elle dessinait un ovale brumeux et tournoyant. Son centre était légèrement plus foncé que l'étendue flavescente de la zone onirique. Une décharge désagréable traversa l'âme de l'enfant-lion. Il constata alors que, même privé de son corps, il pouvait ressentir de l'inquiétude. Il pensa:

— Je n'avais pas remarqué ce phénomène. Il est bien différent de l'autre…

— Ça dépend de l'endroit où l'on se trouve, releva la femme. Nous sommes juste au-dessus du tourbillon que je viens de te révéler. Ce cercle est le vortex qui conduit au rêve. L'autre tourbillon, celui vers lequel tu te dirigeais avant que je t'aborde, est encore loin. De plus, nous le voyons de profil.

— Il… il ne peut pas y avoir deux tourbillons…

— Tu as tout à fait raison, mon petit. Je n'ai jamais été témoin d'un tel événement. Mais il faut se rendre à l'évidence : il y a bel et bien deux rêves dans la zone onirique. Puisque la conscience d'Esa ne peut pas être divisée en deux, elle ne peut évoluer que dans un seul de ces songes. Il te faudra choisir le bon…

L'âme de Leonis était maintenant parcourue de curieux fourmillements. Que lui arriverait-il s'il pénétrait dans le mauvais tourbillon ? Sia avait affirmé : « Lorsque tu évolueras dans le rêve, je ne pourrai pas te ramener à la réalité. » Si Esa n'apparaissait pas dans le songe qu'il choisirait, y aurait-il un moyen de retourner en arrière ? Il observa la trombe qu'il avait remarquée en premier. Le serpent vaporeux se trouvait encore loin de lui. Du même coup, il examina la bande noire qui ceinturait la zone onirique. Il eut l'impression qu'elle s'était élargie. L'image de la femme le lui confirma :

— Tu n'as pas la berlue, mon gaillard. Depuis que cette ligne est apparue, elle ne cesse de grossir. Selon moi, le sorcier qui a envoûté Esa ne s'est pas contenté de l'enfermer dans un rêve... La substance qui compose cette ceinture est néfaste... Je peux le ressentir. J'ai l'intuition que, bientôt, les ténèbres envahiront l'esprit de la princesse.

À cet instant, la figuration d'une grande armoire passa lentement derrière la femme à la robe rouge. Quelques énormes scarabées verts déambulaient sur la surface de bois sombre du meuble. Leonis ne s'intéressa pas à cette vision. Il s'interrogeait. Devait-il vraiment s'inquiéter ? Il se pouvait bien que l'un des tourbillons ne fût qu'une illusion, comme l'étaient toutes les images errantes de la zone onirique. Le ruban noir qui cernait cet univers n'était peut-être pas plus authentique que le reste. Et puis, la femme qu'il avait devant lui était-elle vraiment l'élément inconscient de l'esprit d'Esa ? L'image qui représentait la raison de la princesse pouvait-elle être si différente de la princesse elle-même ? Puisque rien des réflexions de Leonis n'échappait à l'opulente femme, celle-ci expliqua :

— Quand Esa interroge son élément inconscient, c'est moi qu'elle voit. J'ai pris l'image de sa nourrice. La princesse a passé ses premières années avec cette tendre servante qui la dorlotait, la consolait et calmait ses craintes d'enfant… Jamais un être humain n'a été plus proche d'elle. En ce temps, Esa considérait que sa nourrice était la plus sensée et la plus savante des femmes. Il n'est pas étonnant de constater que l'image de cette domestique apparaisse dans les pensées de la princesse lorsqu'elle consulte sa raison… Tu es libre de prendre tout ton temps, Leonis. Si tu crois qu'il n'y a pas deux tourbillons dans la zone onirique, il n'y a rien que je puisse faire pour te démontrer le contraire. Si la présence de cette bande noire ne t'effraie pas, qu'il en soit ainsi. En ce qui me concerne, il ne me reste qu'à assister à la progression des ténèbres… Qu'arrivera-t-il lorsque la lumière disparaîtra? J'espère au moins que la belle Esa ne souffrira pas. Je souhaite aussi que son âme ne soit pas condamnée à l'errance… Pourvu qu'elle puisse rejoindre paisiblement le royaume des Morts…

— Esa se réveillera! émit le sauveur de l'Empire. Les ténèbres ne feront pas disparaître la lumière! Car, si le danger était réel, Sia, la sorcière, s'empresserait de rappeler mon âme!

— D'accord! s'exclama la nourrice. Je ne m'en mêlerai plus! Tu me prends pour un vulgaire songe! Tu sauras toutefois que les songes sont incapables d'entretenir une conversation! Je n'ai pas d'autre choix que celui de compter sur toi! J'ai tenté de m'introduire dans chacun de ces deux tourbillons et j'ai échoué! Puis-je tout de même te donner un conseil, Leonis?

— Allez-y…

— Si j'étais toi, je choisirais le tourbillon qui se trouve au-dessous de nous. Je ne peux rien affirmer, mais, d'après moi, il renferme le rêve qui retient Esa prisonnière. Ce tourbillon est apparu plusieurs heures avant l'autre. Dès qu'il s'est manifesté, j'ai perdu contact avec la conscience de la princesse. J'ignore à quoi peut servir l'autre rêve… Il s'agit probablement d'un leurre. Le sorcier qui a envoûté Esa a peut-être voulu te lancer sur une mauvaise piste. Cet homme est sûrement très puissant…

— Oui, songea Leonis. Cet envoûteur est très puissant… Mais Sia finira par le vaincre. Le salut de l'Empire ne peut pas reposer entre les mains de ce vieux fou. Je libérerai bientôt Esa. Merab constatera alors que ses adversaires ne sont pas aussi vulnérables qu'il le croyait… Je vais choisir le tourbillon que vous m'avez indiqué, nourrice. L'indice que vous m'avez donné est le seul que je possède… Je dois y aller, maintenant…

— Bonne chance, enfant-lion, soupira la femme.

Avant de s'élancer, Leonis regarda défiler cinq babouins qui transportaient un immense poisson au bout de leurs bras velus. En passant, le poisson marmonna : «C'est sûr, je n'étais pas fait pour devenir vizir.» L'enfant-lion se dit qu'il y avait vraiment de drôles de choses dans l'esprit de son amour.

Le tourbillon se précisa rapidement. Son centre devint plus sombre. L'auréole tournoyante de sa circonférence prit la densité de la vapeur. Un cercle de lumière apparut au cœur du phénomène. Le passage qui devait conduire Leonis dans le rêve était maintenant visible. De plus près, le tourbillon ressemblait à un œil gigantesque. L'âme de Leonis le survola. Elle plongea ensuite dans le vortex. Si, à cet instant, le sauveur de l'Empire avait pu fermer les yeux, il l'aurait fait. Son esprit pénétra dans une zone brumeuse, la lumière l'entoura et il fut aspiré. Une étourdissante course s'amorça. Durant un long moment, la forme immatérielle de l'adolescent fila comme une flèche au cœur de la spirale du tourbillon. L'intense lumière devint vite absolue, et il eut l'impression de ne plus avancer. Soudainement, tout s'éteignit.

Leonis se retrouva dans un monde baigné de lumière et de brouillard. Il sursauta et chercha son air avec frayeur avant de comprendre qu'il arrivait à respirer normalement. Son cœur battait à tout rompre. L'enfant-lion plaqua une paume sur sa poitrine. Il contempla son autre main avec ahurissement. Il avait récupéré son corps. Il savait fort bien qu'il évoluait dans un rêve. Seulement, les sensations qu'il éprouvait étaient tout à fait conformes à celles qui caractérisaient l'existence réelle. Leonis palpa le sol autour de lui. Il était étendu sur une surface dure et froide. Il s'accroupit pour examiner le décor environnant. Son regard n'arrivait pas à percer le brouillard. Le garçon constata simplement qu'il était assis sur un sol dallé de granit sombre. L'air frais le fit frissonner. Il se leva et, machinalement, il épousseta son pagne. Ce vêtement était la réplique exacte de celui qu'il portait au moment de rejoindre Sia dans les quartiers de la princesse. Sur l'étoffe, Leonis aperçut même une petite tache d'huile de lin qu'il avait faite deux jours auparavant. Le précieux talisman des pharaons que l'enfant-lion gardait toujours suspendu à son cou était toutefois absent. Leonis se racla la gorge. Il commenta à voix haute:

— J'ai l'impression de me retrouver dans la réalité. Mais un tel endroit n'augure rien de bon. J'espère que je découvrirai autre chose que cette atmosphère lugubre… Car le monde idéal de la princesse ne peut certainement pas ressembler à ça.

Cette réflexion le fit tressaillir. Il effectua quelques pas hésitants dans le brouillard blanchâtre. Une lueur glauque apparut devant lui. Il progressa sans se hâter vers cette lumière. Au premier coup d'œil, il distingua deux flammes vertes qui se mouvaient à une faible distance l'une de l'autre. En s'approchant, il put détailler des vasques de pierre, dans lesquelles s'activait cet étrange feu. La brume devint moins épaisse. Leonis aperçut une forme rouge. Un instant plus tard, il allait à la rencontre d'un très vieil homme qui, assis bien droit sur un trône d'or, le regardait s'approcher en souriant. L'enfant-lion s'immobilisa devant ce personnage qui portait une longue tunique rouge. En découvrant le symbole qui parait ce vêtement, le sauveur de l'Empire sentit le désespoir l'envahir. Ce symbole était celui des adorateurs d'Apophis. Le vieillard éclata d'un rire sonore et cruel. D'une voix rauque et nasillarde, il jeta :

— Tu t'es trompé, enfant-lion ! Tu as choisi le mauvais rêve ! Quelle effroyable constatation! Désormais, il te sera impossible de sauver la douce princesse Esa!

— Tu… tu es Merab, n'est-ce pas?

— Tu es vraiment très perspicace, Leonis! Je suis Merab, en effet. Même si mon corps est vieux et tordu, je trouve tout de même que son aspect me convient mieux que celui de la nourrice potelée et criarde qui t'a indiqué ce tourbillon… Eh oui, Leonis, cette femme, c'était moi… En ce moment, Sia nous observe. La pauvre! Elle ne peut plus rien faire pour te venir en aide! Quand ton esprit s'est introduit dans la zone onirique, mon piège s'est aussitôt refermé sur toi. Tu as tant peiné pour libérer cette folle! Pouvais-tu te douter que tu périrais par sa faute? Elle m'a sous-estimé, et je comptais grandement sur cette réaction… Ton âme ne réintégrera jamais ton corps, mon gamin. Même si tu avais choisi le bon rêve, le résultat aurait été le même. Bien entendu, dans l'autre songe, tu aurais pu passer tes derniers moments de lucidité en compagnie de la princesse. Mais, à mon avis, cette mort aurait été trop douce. Un véritable héros se doit de mourir dans la souffrance, ne crois-tu pas?

En serrant les poings, Leonis aboya:

— Sia m'a affirmé que, dans l'esprit d'Esa, tu ne pourrais pas utiliser tes pouvoirs, Merab!

— Ma vieille ennemie ne t'a pas menti, Leonis. En ce lieu, je ne peux guère faire usage de la magie. Cependant, je suis le maître du rêve dans lequel tu te trouves en ce moment. Le rêve d'Esa représente un monde de bienfaits. Le mien est tout à fait différent. En vérité, c'est un cauchemar. Ce songe m'appartient. Je l'ai conçu à ma guise. Les manifestations qui le peuplent proviennent toutes de l'esprit d'Esa. Chaque esprit possède un recoin où demeurent enfouies les plus virulentes terreurs. J'ai donc eu recours aux frayeurs de la princesse pour créer ce rêve. Tu verras, Leonis, j'ai accompli un excellent travail… J'ai amélioré de beaucoup le vétuste envoûtement des Anciens. La bande noire que tu as aperçue dans la zone onirique est une barrière. Elle empêche Sia de communiquer avec toi. Ces ténèbres progresseront lentement dans l'esprit d'Esa. Lorsque la lumière aura disparu, ta belle et toi serez condamnés à l'errance… En attendant, tu auras de quoi t'occuper, mon gaillard ! Sache que les blessures que tu subiras ici te feront souffrir comme dans la réalité. Il existe un moyen de regagner la zone onirique. Si tu le découvrais, tu aurais la chance de rejoindre l'autre rêve afin d'enlacer Esa une dernière fois. Pour le reste, tu es perdu, Leonis… Je m'adresse à un mort.

14
ANUBIS

Le sauveur de l'Empire était pétrifié. Sa tête bourdonnait. Sia ne pouvait plus intervenir. Merab avait vaincu la sorcière d'Horus. La condamnation annoncée par l'envoûteur n'était pas une menace. Il s'agissait plutôt de l'inéluctable issue de l'étrange aventure que Leonis vivait à cet instant. La fin viendrait bientôt. Il en avait la certitude. Et le maléfique envoûteur ne se contentait pas de se glorifier de l'efficacité de son redoutable piège. Il s'offrait aussi le vil agrément de tourmenter sa proie. L'enfant-lion était impuissant. Une rage ardente remplissait son cœur. Hors de lui, il se jeta sur le vieillard. Il voulut enserrer la gorge de Merab, mais ses mains se refermèrent sur le vide. Le sorcier n'était plus là lorsque l'adolescent, emporté par son élan furieux, s'écrasa sur le trône qui se renversa. Leonis trébucha. En tombant, il poussa un râle de colère. Son crâne percuta violemment le sol de pierre. Le choc le paralysa un moment. Il était étourdi, mais sa rage masquait sa douleur. Il se massa la tête d'une main tremblante. Ses doigts se mouillèrent de sang. Un rire rocailleux éclata. L'enfant-lion vit le sorcier s'avancer vers lui. Merab souriait. Sur un ton malicieux, il déclara :

— Je n'arrive pas à admettre ce que je viens de voir, Leonis. Le pacifique et respectueux sauveur de l'Empire a-t-il réellement voulu s'en prendre à un pauvre vieillard ? Il est bon de constater qu'il existe une part de mal dans ton esprit. Avant la libération de Sia, il m'est arrivé de sonder ton âme. Je dois t'avouer que j'ai été très déçu. Car enfin, tu n'avais rien d'un héros ! Un héros ne craint jamais d'avoir recours à la violence pour parvenir à ses fins ! Les récits qui proclament la valeur des plus vaillants personnages de l'empire d'Égypte se sont écrits avec le sang de leurs victimes ! En ce qui te concerne, tu fermes les yeux avec dégoût et tristesse lorsque le sang est répandu. J'ai été surpris de découvrir que l'élu des dieux n'était qu'un faible, un tendre, un naïf... Rê n'a certainement pas la volonté de voir les hommes se soustraire au grand cataclysme. Au lieu de désigner un combattant digne de ce nom pour accomplir la quête des douze joyaux, il a choisi un être insuffisant qui pleurait comme un veau en se remémorant la mort de ses parents. Quel véritable héros se serait inquiété comme tu l'as fait du sort de la misérable Tati? Ta sœur n'est qu'un petit animal insignifiant, Leonis. Pourtant, tu as déjà mis le sort du monde en péril dans l'espoir de la retrouver. Il y a des sentiments qu'un héros se doit de mépriser. L'amour fait partie de ces sentiments. En son nom, tu t'es livré à moi, enfant-lion. Pour l'amour d'Esa, tu as sacrifié tout un peuple...

Leonis s'était levé. La colère grondait toujours en lui. Les paroles du sorcier étaient cruelles, mais l'enfant-lion ne pouvait que reconnaître leur exactitude. Il n'était pas un héros. Depuis le début de sa quête, il n'avait jamais levé le poing sur quiconque. Il avait appris à manier habilement les armes, mais la seule pensée de s'en servir le répugnait. Le soldat Menna avait souvent tué pour lui sauver la vie. Montu lui-même avait versé le sang. S'il avait été seul dans cette aventure, le sauveur de l'Empire n'eût jamais pu survivre aux assauts de ses ennemis. Leonis se sentait humilié, pitoyable et vaincu. Son sentiment d'impuissance monta d'un cran lorsque les larmes vinrent se mêler au sang qui maculait son visage. L'animosité l'étranglait. Merab se plaça à une coudée de lui pour poursuivre son humiliant discours :

— Tu pleures encore, Leonis. C'est honteux. Pourtant, dans la zone onirique, tu disais que Sia finirait par me vaincre. Tu prétendais que le salut de l'Empire ne pouvait pas reposer entre les mains d'un vieux fou comme moi. N'as-tu pas fait la promesse de délivrer Esa ? Tu es aussi vulnérable qu'un lièvre, enfant-lion. Le réalises-tu, à présent ? Dire qu'il ne te restait qu'un seul coffre à découvrir pour achever ta quête... J'avoue que tes précédents succès m'ont étonné. Cependant, tu dois ces réussites à une consécution d'heureux hasards. Il y a des papillons qui se sortent miraculeusement de l'orage sans que la pluie ait abîmé leurs ailes fragiles. Tu es comme ces insectes, Leonis. Jusqu'à maintenant, tu as eu de la chance. Mais la chance a tourné. Tu ne mettras jamais la main sur le dernier coffre. Sia peut percevoir mes paroles en ce moment. Elle réalise sans doute qu'elle est trop faible pour se mesurer au puissant sorcier Merab...

— Tu es le plus détestable des êtres, Merab, grogna le sauveur de l'Empire.

— Merci, enfant-lion, fit le sorcier en se frottant les mains de satisfaction. Ce compliment me fait chaud au cœur... Mais trêve de bavardage! J'ai envie de me divertir un peu! Dans un instant, tu vivras des moments tout à fait horrifiants. Me feras-tu le plaisir de te battre comme un homme, Leonis? Oseras-tu enfin prendre les armes ou, au contraire, tomberas-tu à genoux pour achever ta misérable vie sans l'avoir jamais réellement défendue? Je te rappelle qu'il existe un moyen de quitter ce rêve et de regagner la zone onirique. Il te faudra cependant lutter pour avoir le bonheur de retrouver Esa dans son royaume...

De sa paume ouverte, l'envoûteur désigna le sol derrière le sauveur de l'Empire. Ce dernier se retourna. Un grand arc, un carquois et une lance reposaient sur les dalles. Merab déclara:

— Voici tes armes, enfant-lion. Je suis bon joueur, non? Ton premier adversaire t'attend...

À ce moment, un glapissement strident retentit dans le brouillard. Le sorcier disparut spontanément, mais sa voix résonna dans l'air pour expliquer:

— La princesse Esa a toujours craint le dieu Anubis. Les prêtres-embaumeurs qui portent le masque de la divinité des nécropoles l'ont toujours effrayée. Lorsqu'elle était petite, le dieu-chacal apparaissait fréquemment dans ses cauchemars. Elle l'imaginait très grand, très fort et très cruel. Il la poursuivait pour l'embaumer vivante après avoir dévoré son cœur! Avec son sceptre doré, il brisait tout sur son passage! Bien entendu, toutes ces horreurs n'étaient que le fruit de l'imagination d'une fillette. Au fil du temps, Esa a appris qu'Anubis était une divinité protectrice. Malgré tout, elle n'a jamais pu s'empêcher de trouver son aspect sinistre. L'horrible créature qui hantait ses rêves d'enfant a toujours sommeillé dans les profondeurs de son âme. Aujourd'hui, Leonis, je l'ai réveillée… Je l'ai réveillée pour toi!

Un lourd silence succéda aux paroles de Merab. Du revers de la main, le sauveur de l'Empire essuya son front ensanglanté. Son crâne était douloureux. Il ramassa ses armes. Le carquois contenait une vingtaine de flèches. Il était muni d'une sangle et l'adolescent le suspendit à son épaule. Tout en scrutant le mur de brume, l'enfant-lion tira fermement sur la corde de l'arc pour en éprouver la tension. L'arme était robuste et puissante. Elle était façonnée dans le meilleur bois et elle arborait le cartouche du pharaon Mykérinos. Leonis décida de la porter en bandoulière. La lance était parfaitement droite. Sa pointe était en silex. Un second cri se fit entendre. L'aventurier vit la silhouette noire du dieu-chacal émerger lentement de la toile laiteuse du brouillard.

Leonis déglutit. Le monstre avait deux fois sa taille. Ses muscles puissants tressaillaient sous sa peau noire et luisante. Il portait un pagne doré. Ses yeux d'ambre étaient rivés sur l'adolescent. Son faciès cauchemardesque était figé comme celui des statues. Dans sa main droite, Anubis tenait un sceptre d'or orné d'une tête de bélier. Le sauveur de l'Empire comprit aussitôt qu'il n'avait pas la moindre chance de vaincre un semblable adversaire. Le sceptre se leva. Dans une gerbe d'étincelles, la tête de bélier percuta les dalles à une longueur d'homme de Leonis. Le monstre n'avait pas manqué sa cible; il avait simplement voulu montrer sa force au mortel. Le sceptre se dressa de nouveau. Leonis s'élança pour s'enfoncer dans la brume. En courant, il tenta de se métamorphoser en lion blanc. Il prononça trois fois le nom de Bastet, mais la déesse-chat ne répondit pas à son appel. S'il voulait survivre, l'enfant-lion ne devrait compter que sur lui-même. Survivre. Ce mot n'avait aucun sens. Car à l'évidence, Leonis n'était plus qu'un mort en sursis.

Les pas d'Anubis faisaient trembler le sol. Leonis courait sans rien voir devant lui. Il craignait de heurter un mur, mais rien de tel ne se produisit. L'endroit où il se trouvait semblait s'étendre à l'infini. L'enfant-lion atteignit une zone où le brouillard était moins épais. Il se retourna. Anubis n'était pas très éloigné de lui. La personnification du dieu ne se pressait pas. Ses longues enjambées lui permettaient de poursuivre sa proie en marchant. Leonis recula et s'efforça de reprendre son souffle. Il brandit sa lance. Menna lui avait enseigné le maniement de cette arme. Dans une impulsion que n'aurait pas désavouée le jeune soldat, le sauveur de l'Empire projeta son javelot en direction de son vis-à-vis. La pointe de silex pénétra profondément dans la poitrine du dieu-chacal. Le monstre resta debout. Il lança son lourd sceptre avec véhémence et Leonis l'évita de justesse. D'un geste sec, Anubis retira la lance de son torse musclé. Sa riposte fut prompte. L'arme siffla dans l'air. Cette fois, l'enfant-lion ne fut pas assez rapide. La pierre acérée pénétra dans son épaule gauche. La douleur fut atroce. Le malheureux poussa un hurlement déchirant. D'un geste rageur, il imita la créature. Il tira de toutes ses forces sur le manche de la lance. Lorsque la pointe glissa hors de la plaie, Leonis faillit s'évanouir. L'arme tomba sur le sol, dans la flaque de sang que sa blessure avait répandue. Il leva les yeux vers Anubis. La créature de cauchemar était toujours debout. Mais elle agonisait. Un rayon de lumière verte émanait du trou provoqué par la lance. Le sauveur de l'Empire vit la silhouette se métamorphoser. Son corps noir devint une masse grouillante et informe. Anubis émit une plainte horrible. Il s'écrasa sur les dalles et se divisa en une centaine de fragments. Leonis sentit ses cheveux se dresser sur sa tête. Dans une cacophonie de couinements belliqueux, une légion de rats fonçait sur lui.

L'enfant-lion ne prit pas le temps de ramasser sa lance. Il se remit à courir dans l'espoir de semer la marée de ses poursuivants. Son gros orteil heurta le sceptre d'or d'Anubis. La douleur fut intolérable. Leonis effectua un plongeon et tomba malencontreusement sur son épaule blessée. Il hurla de rage, de souffrance et de désespoir. Un rat sauta sur sa cuisse et la mordit. Dans un râle, l'aventurier saisit la bête et lui rompit les reins en la broyant dans sa paume. Il jeta le petit cadavre sur le sol et se releva. D'autres rongeurs grimpèrent à l'assaut de son corps. Leonis sentit leurs griffes et leurs dents fouiller sa chair. Il détala en se débattant comme un forcené. Le brouillard s'épaissit. La course de l'enfant-lion redevint aveugle. Chaque rongeur qu'il tuait était aussitôt remplacé par l'un de ses congénères. Les morsures le tourmentaient comme autant de braises incandescentes. Leonis songeait à s'abandonner à la furie des rats lorsqu'il aperçut enfin une possibilité de fuir. À une hauteur d'homme du sol, un filet pendait à la verticale. Le fuyard bondit et ses mains s'agrippèrent à des cordes pâles, souples et adhérentes. Une douleur fulgurante traversa le bras gauche de l'adolescent, mais il ne lâcha pas prise. Le filet se balança un moment. Le sauveur de l'Empire se hissa de quelques coudées pour poser ses pieds sur ses mailles. D'abord, il balaya du revers de la main un rat qui escaladait son cou. Ensuite, avec agressivité, il se débarrassa des huit autres rongeurs qui avaient entrepris l'ambitieuse tâche de dévorer cette vigoureuse masse de chair vive. La dernière vermine alla s'écraser dans l'amas frétillant formé par ses semblables qui, le museau levé vers leur proie perdue, piaillaient de dépit en s'acharnant les unes sur les autres.

Leonis eut un long frisson de répulsion. Il était à bout de nerfs. Les blessures ne se comptaient plus sur sa peau teintée de sang. Son souffle était court et son cœur battait à un rythme effréné. Son épaule gauche le faisait souffrir, mais son bras conservait sa vigueur. Combien d'horreurs l'attendaient encore dans ce cauchemar créé par le sorcier Merab? Trouverait-il l'issue qui lui permettrait de regagner la zone onirique? Il devait réveiller Esa. S'il y parvenait, la princesse et lui arriveraient peut-être à survivre… Survivre…

15

LA MORT

Leonis examina le filet dans lequel il avait trouvé refuge. Ses mailles étaient espacées d'une bonne coudée. Leur blancheur évoquait celle du fil de lin, et une rosée visqueuse, probablement causée par le brouillard, les recouvrait. Le sang de l'enfant-lion avait souillé une petite partie de ce grand réseau immaculé. Leonis tenta de voir jusqu'où cet ouvrage s'étendait, mais les entrecroisements opalescents se perdaient dans la brume. Surmontant sa douleur, il parvint à escalader quelques mailles. Lorsque la voix de Merab retentit de nouveau dans l'air, il s'immobilisa.

— Comme tu as pu t'en rendre compte, Leonis, ta belle Esa a horreur des rats. J'imagine que, toi non plus, tu ne les aimes pas beaucoup… Ces adorables petites bêtes ont souvent peuplé les cauchemars de la princesse. Puisqu'ils étaient là, parmi ses nombreuses terreurs, il aurait été dommage de ne pas les utiliser… Je m'amuse bien, enfant-lion. Tu sais ce que c'est; on travaille, on travaille, et on ne prend jamais vraiment le temps de se divertir! Qu'est-ce que je te réserve encore? Il arrive que, pour échapper à un prédateur, une proie se mette à la merci d'un autre… Tu dois continuer la lutte, Leonis. Tu es sur la bonne voie. La sortie n'est peut-être plus très loin… Qui sait?

La voix se tut. Leonis serra les dents et poursuivit son escalade. Les mailles du filet adhéraient à ses mains et à ses pieds. Son épaule blessée était de plus en plus douloureuse. Son ascension devint difficile. Il avait parcouru une bonne distance lorsqu'il remarqua que les cordes s'entrelaçaient en formant des arcs de cercle. Sans réfléchir, il murmura:

— J'ai l'impression d'être un minuscule insecte dans une immense toile d'araignée.

Leonis se figea. Il venait d'énoncer une terrible probabilité. Ces cordes visqueuses, fibreuses et blanches n'avaient rien à voir avec celles que l'on utilisait pour fabriquer un filet. D'ailleurs, aucun nœud ne les reliait entre elles. Malgré leur diamètre, elles avaient la légèreté et la souplesse qui caractérisaient les toiles d'araignée. Toutefois, quelle araignée aurait eu la capacité de tisser un ouvrage aussi grand? Une géante, certainement! Naguère, dans le domaine de Seth, Leonis avait vu des insectes géants. En outre, puisqu'il se trouvait dans un rêve créé par le plus néfaste des hommes, tout était possible. Le sauveur de l'Empire fit de son mieux pour conserver son calme. Il se trompait sûrement. S'il avait progressé dans la toile d'un tel prédateur, la bête se serait déjà manifestée. Il allait reprendre son ascension lorsqu'une furieuse secousse ébranla le filet. Ses pieds glissèrent et il passa bien près de tomber dans le vide. Une autre secousse remua violemment les cordes. Leonis s'empêtra dans les mailles de la toile. Il sut d'emblée qu'il avait vu juste. Il se prépara au pire, mais, quand le pire se révéla, il ne put réprimer un cri d'effroi.

L'araignée était là, à trois longueurs d'homme de l'infortuné. Son corps velu avait des proportions comparables à celui de Leonis. La bête était rouge et noire. Ses yeux, disposés en auréole au-dessus de sa tête, avaient le vert éclatant de l'émeraude. Elle déployait ses pattes robustes, griffues et frémissantes. Ses crochets à venin luisaient dans la faible lumière qui baignait ce trop réel cauchemar. Les jambes du sauveur de l'Empire étaient prises dans la toile. Le monstre le lorgnait, visiblement conscient que sa proie n'avait aucune chance de lui échapper. L'enfant-lion parvint nerveusement à dégager son arc. Il prit une flèche dans son carquois et se mit en position de tir. La toile bougeait trop. Il aurait du mal à atteindre sa cible. Il banda la corde de l'arc et la douleur de son épaule devint cuisante. L'araignée souleva une patte et frotta ses crochets comme pour les astiquer. Ce simple mouvement déstabilisa encore la toile. Leonis décocha sa flèche et rata la bête. L'araignée cracha un fil de soie qui toucha le torse de l'enfant-lion. La matière était très adhérente. En voulant l'arracher, le garçon s'empêtra davantage. Il abandonna son arc qui demeura captif de la toile. En quelques pas véloces, la bête rejoignit la proie. Elle vomit un autre jet de soie lourde qui ceintura la gorge de Leonis. L'adolescent et l'insecte se touchaient. L'épouvante de la victime avait atteint son paroxysme. Sans même comprendre ce qu'il faisait, Leonis retira une flèche de son carquois. Avec un puissant cri, il la planta de toutes ses forces dans l'un des huit yeux de l'araignée. L'hémisphère luisant comme un joyau éclata. Le monstre effectua une suite de soubresauts déchaînés. La toile se déchira et la proie échappa au prédateur en amorçant une chute effroyable dans le brouillard. Leonis ne hurla pas. Il ferma les yeux en attendant de se rompre les os sur le sol de granit…

Le choc se produisit. Le cœur de l'enfant-lion faillit s'arrêter, mais il ne se cassa même pas le petit doigt. Les dalles de pierre n'existaient plus. Leonis fracassa plutôt la surface d'une eau très froide. Il s'y enfonça en battant des bras. Ses jambes empêtrées dans la soie de l'araignée géante restèrent immobiles. Heureusement, durant la descente, il avait retenu son souffle. Le sauveur de l'Empire rallia la surface sans trop se débattre. Il inspira profondément et balaya les mèches de cheveux mouillés qui lui couvraient les yeux. En ouvrant les paupières, il vit un ciel nocturne constellé d'étoiles. La lune pleine trônait au-dessus de la frange sombre d'un rideau d'arbres. L'air sentait le limon, la fleur d'acacia et le bois brûlé. Leonis avait plongé dans le Nil! À première vue, le fait de se retrouver ainsi dans un lieu connu le combla d'allégresse. Il songea qu'il avait peut-être rejoint la princesse Esa dans son rêve. Il se ravisa lorsque, dans son dos, un hurlement terrifié et suraigu projeta son écho sur l'étendue du grand fleuve.

L'enfant-lion pivota. Là-bas, sur la rive, un violent incendie faisait rage. Leonis était trop éloigné pour détailler la scène. Devait-il nager dans cette direction? Après les tortures qu'il venait de subir, il n'avait aucune envie de s'aventurer à proximité de ce feu déchaîné. Il secoua la tête pour expulser l'eau de ses oreilles. Il put alors entendre les crépitements de l'incendie. Il perçut aussi des lamentations. Une femme pleurait au cœur de ce foisonnement de flammes. Leonis s'alarma. Cette voix féminine était-elle celle d'Esa? Bien sûr, Merab lui avait affirmé qu'il devrait regagner la zone onirique afin de s'introduire dans le rêve de la princesse. Mais pouvait-on se fier aux paroles de ce personnage pervers? Le sorcier avait peut-être la possibilité de transformer le doux songe de la jeune fille en cauchemar… Et, si tel était le cas, pour quelle raison se serait-il abstenu de changer l'univers idyllique d'Esa en intense brasier? Leonis cessa de s'interroger. L'envoûteur lui avait aussi dit qu'il devrait se battre pour découvrir l'issue du cauchemar. L'enfant-lion ne pouvait donc pas s'éloigner du danger. Il libéra ses jambes de la soie d'araignée que l'eau du fleuve avait ramollie. Il se débarrassa aussi de son carquois qui ne contenait plus la moindre flèche. Ensuite, Leonis se mit à nager doucement dans la coulée incandescente que dessinait l'incendie sur l'onde calme du Nil.

En s'approchant de la berge, le sauveur de l'Empire fut bouleversé par ce qu'il vit. Il dut faire un effort pour se convaincre qu'il évoluait dans un rêve, et qu'il n'y avait surtout rien de vrai dans la scène de désolation qui se révélait à son regard. Il remarqua d'abord quelques barques de pêcheurs qui brûlaient en crépitant parmi les joncs. Il croisa ensuite un cadavre qui flottait sur le dos. C'était le corps d'un vieil homme. Trois flèches étaient plantées dans sa poitrine. Sur un tertre qui s'élevait à un jet de pierre de la rive, le feu achevait de consumer les huttes d'un petit village de pêcheurs. Leonis atteignit la terre ferme. Il aperçut trois autres corps allongés dans la vase. Ils portaient tous des marques de violence. Manifestement, l'enfant-lion se retrouvait sur les lieux d'un carnage. La femme n'avait pas cessé de pleurer. Guidé par ses sanglots, le sauveur de l'Empire progressa jusqu'au village. Durant son court trajet, il dut enjamber quelques morts. Il trouva la femme assise dans l'herbe. Elle serrait un enfant dans ses bras. L'enfant était… Leonis détourna les yeux. Il ne pouvait pas en supporter davantage. D'une voix plaintive, la femme soupira :

— Ils ont tué tous les miens… Tous les miens…

— Qui a fait ça? demanda Leonis en connaissant déjà la réponse.

— Les adorateurs d'Apophis, répondit la femme.

L'enfant-lion fit quelques pas pour plonger son regard dans l'allée sablonneuse qui traversait le village. Des dizaines de corps gisaient sous la lumière vive et mouvante des flammes dévastatrices. Soudain, l'adolescent sursauta. Le sorcier Merab se matérialisa au cœur du brasier. Il marcha vers Leonis. Un sourire fielleux étirait ses lèvres rêches. D'une voix qui dominait le ronflement de l'incendie, il expliqua :

— Récemment, les hordes de Baka ont attaqué plusieurs villages de pêcheurs. Le récit de leurs actes horribles est parvenu aux oreilles de la princesse Esa. Cette douce enfant est très impressionnable, Leonis. La scène que tu vois en ce moment est issue de son imagination fertile. Je dois dire qu'elle se rapproche drôlement de la réalité ! Mais, sois tranquille, je ne t'ai pas convié dans ce cauchemar dans le seul but de te faire voir une vulgaire scène de carnage… Cette vision illustre très bien les atrocités que les adorateurs d'Apophis ont commises dans quelques villages du delta. Seulement, même si l'imaginaire d'Esa lui a permis de se faire une idée précise de l'abomination de ces massacres, la princesse est assez loin de la réalité lorsqu'elle se représente mentalement les hommes qui les perpètrent. Dans ses cauchemars, elle imagine des adorateurs d'Apophis beaucoup plus forts, habiles et sanguinaires que ne sauraient l'être les véritables hommes de Baka… Au fond, je ne vois pas pourquoi je tente de te décrire ces guerriers fictifs, car ils seront là dans un instant… Où sont donc tes armes, Leonis? Tu aurais tout de même pu te montrer plus prudent. Tu es vraiment un piètre combattant.

Le sauveur de l'Empire esquissa un faible sourire. Sur un ton calme, il déclara:

— Sia finira par te vaincre, Merab. Seth est retenu captif dans son propre domaine. Il n'est plus là pour te protéger. Aujourd'hui, tu triomphes, mais la sorcière d'Horus vengera ma mort. Tu sais quoi, Merab? Je n'ai plus peur de toi. Tu peux dire ce que tu veux. Je suis sans aucun doute un très mauvais combattant. Mais, en observant la scène qui nous entoure, je me sens heureux d'être ce que je suis. Selon toi, les véritables héros sont des guerriers qui répandent le sang sur leur chemin. Je ne suis pas l'un d'eux. Pourtant, jusqu'à ce jour, j'ai mené ma quête sans connaître l'échec. Si j'avais eu à tuer un homme, je l'aurais fait pour en sauver des milliers de milliers d'autres. Je n'ai heureusement pas eu besoin d'agir ainsi. J'ai rapporté neuf des douze joyaux de la table solaire. Je n'ai pas progressé en songeant à la gloire et aux richesses qui m'attendraient au bout de ce long périple. J'ai puisé ma force dans l'amour que j'éprouvais pour ma petite sœur, pour Esa, pour mes compagnons et pour le peuple d'Égypte. J'ai avancé parce que j'aimais la vie, Merab. On respecte ce que l'on aime. Je suis de ceux qui contournent la fourmilière au lieu de marcher dessus. Mon cœur est léger, vieillard. Le tien est lourd comme un rocher.

— Ton cœur sera encore plus léger lorsque la vie l'aura quitté, enfant-lion. Je suis fort heureux d'avoir assisté au dernier discours de celui qui devait sauver l'Empire. Il était tout à fait grotesque, mais j'en évoquerai le souvenir pour égayer mes heures de lassitude. Tu as bien agi en contournant les fourmilières. Ainsi, leurs occupantes seront plus nombreuses à se partager ta négligeable carcasse... Sia ne pourra pas me vaincre, Leonis. Elle ne cherchera même pas à m'affronter. D'ailleurs, en ce moment, elle doit déjà envisager de quitter la terre d'Égypte pour aller trouver refuge auprès des siens.

Merab disparut une nouvelle fois. Leonis se sentait faible et abattu. Sa baignade dans l'eau fraîche du fleuve avait, durant un court laps de temps, apaisé ses douleurs et fouetté ses sens. Toutefois, les effets bénéfiques de ce bain imprévu s'étaient vite estompés. L'eau avait nettoyé son corps, mais le sang recommençait à jaillir de ses blessures. En baissant les yeux, il se rendit compte que sa chair était parsemée de petits caillots sombres et lustrés. D'un index tremblant, il en toucha un. C'était une sangsue! Leonis tenta de l'arracher, mais le corps visqueux de la bête glissait entre ses doigts. Saisi de dégoût, il dénombra en gémissant une vingtaine de ces vilaines bestioles. Et encore! Il ne s'agissait que de celles qu'il pouvait voir! Sa main lui révéla que son dos n'avait pas échappé à l'invasion! Le sauveur de l'Empire se mit à sautiller sur place. Il s'asséna de violentes claques dans le but de chasser les parasites. Malgré sa panique, il se rappela qu'il existait un moyen efficace de se débarrasser de ces répugnants petits êtres. L'enfant-lion s'approcha d'un amas de débris enflammés. Il ramassa un bout de bois dont l'extrémité brûlait. Au risque de se blesser lui-même, il effleura le dos d'une sangsue avec la flamme de cette torche improvisée. La bête se tortilla, puis lâcha prise pour aller choir dans le sable noirci de cendre. Emporté par une frénésie meurtrière, Leonis s'affaira à éradiquer ce petit peuple de suceurs de sang. Ses victimes chutaient en grésillant. Il se brûla à maintes reprises, mais sa hargne occultait la souffrance. Tout lui était égal. Il avait oublié son nom, sa quête et sa vie ; il avait même oublié la princesse Esa. Il ne broncha pas lorsqu'il leva les yeux pour apercevoir la haie de combattants qui se dressait devant lui. Ils étaient grands, musclés et couverts d'un sang qui n'était certes pas le leur. Leur crâne était rasé et la marque au fer rouge des adorateurs d'Apophis ornait leur torse nu. Les visages hideux de ces guerriers se tordaient dans un rictus de haine. Ils étaient armés d'arcs. Une dizaine de flèches étaient pointées sur la poitrine du sauveur de l'Empire.

Leonis se leva. Son regard était trouble et il souriait bêtement. Il laissa tomber le morceau de bois enflammé et, sur un ton indolent, il dit :

— Autrefois, mon père Khay m'a appris ce qu'il fallait faire pour se débarrasser des sangsues... C'était il y a longtemps. Je l'avais presque oublié... Que puis-je faire, maintenant ? Vos flèches sont pointées sur mon cœur et le feu fait rage derrière moi... Ça ressemble à la fin, n'est-ce pas ? Esa et moi étions vraiment faits l'un pour l'autre. Car, en m'imaginant les cruels adorateurs d'Apophis, j'avais la même vision qu'elle : une bande de brutes épaisses et laides. Mais, contrairement à Esa, j'avais tendance à ajouter un peu d'écume aux commissures de vos lèvres...

L'enfant-lion émit un rire nerveux. Les archers demeurèrent impassibles. Ils décochèrent leurs flèches simultanément. Leonis sentit les traits fouiller sa chair. Son regard fixa la lune pleine. Sans un cri, il s'effondra au milieu des braises fumantes d'une hutte dévastée.

16
LE ROYAUME D'ESA

L'esprit de Leonis progressait dans une longue spirale lumineuse. Voyageait-il vers le royaume des Morts? Se dirigeait-il tout droit vers le néant? L'enfant-lion n'avait plus mal. Il avait laissé les tourments de son corps mutilé dans un affreux cauchemar. Il était tout à fait conscient de son échec. Esa ne serait jamais délivrée de l'envoûtement du sorcier Merab. Et, puisque le sauveur de l'Empire était mort, le peuple de la glorieuse Égypte ne connaîtrait jamais son salut. Il avait échoué. Dans la luxueuse chambre de la princesse, son corps et celui de sa belle resteraient inanimés. Il n'avait retrouvé Esa que pour s'éteindre auprès d'elle. Au mépris de ses troublantes convictions, Leonis se sentait bien. Le poids de sa mission, qu'il avait supporté durant presque trois saisons, ne l'écrasait plus. Il n'avait jamais reculé. Il avait toujours accompli sa tâche avec vaillance. Sa mort venait prouver que les divinités s'étaient trompées. Elles avaient confié à un mortel une quête trop grande pour lui. Leonis se montra tout de même étonné de sa propre indifférence. Il avait tant souffert! Avait-il fait tout cela pour rien? N'aurait-il pas mérité un meilleur sort? Malgré les questions qui occupaient son esprit, l'adolescent ne parvenait pas à s'indigner de l'injuste conclusion de sa quête. La révolte était l'affaire des vivants. Lui, il était mort.

Le couloir se termina et le sauveur de l'Empire émergea dans un univers qu'il tarda à reconnaître: la zone onirique. Elle avait beaucoup changé. La barrière noire s'était grandement élargie. La majeure partie de la zone avait été envahie par les ténèbres. L'étendue dorée s'était rétrécie. Elle avait pris la forme d'une goutte d'eau. La trombe qui renfermait le rêve d'Esa tournoyait au centre de cette grande sphère couleur de blé mûr. Quant au tourbillon que Leonis venait de quitter, il commençait à se dissiper dans l'ombre maléfique. L'enfant-lion n'était pas mort. Il avait toutefois du mal à s'en convaincre. Les souffrances qu'il avait éprouvées dans le cauchemar avaient été tellement réelles! Étant donné qu'il n'avait pas trouvé l'issue dont lui avait parlé Merab, comment pouvait-il se retrouver là? Ce fut Merab lui-même qui répondit à cette question. L'image du vieillard apparut. Il éclata de rire avant de s'exclamer:

— Tu as perdu un temps fou, Leonis! Tu n'as jamais compris que la seule façon de voir la fin de cet affreux rêve était d'y mourir! C'était pourtant simple! Dès le début, tu n'aurais eu qu'à te laisser tuer pour réintégrer la zone onirique! En cessant d'exister dans le cauchemar, tu devais forcément te retrouver ici! Car ton âme n'aurait pu aller ailleurs. Elle est captive de l'esprit d'Esa… Dans les rêves, on ne meurt pas. Tu n'es donc pas mort, enfant-lion. Du moins, pas encore… C'est dommage pour toi. Je te croyais plus intelligent. Si tu avais vu l'évidence, tu aurais pu passer plus de temps avec ton amour… Dans quelques heures, les ténèbres auront complètement englouti cet univers. Va donc rejoindre ta frileuse poupée dans le royaume douillet qu'elle a imaginé. Tu tenteras de lui expliquer que sa vie tire à sa fin… Si tu espères encore réveiller Esa, n'y compte pas, Leonis. Sia t'a assuré que tu pourrais y arriver en te comportant étrangement. Une telle chose serait effectivement possible si je n'avais pas modifié le sort des Anciens. La princesse est condamnée, mon gaillard. Et sa mort occasionnera la tienne. Tu aurais beau te comporter en babouin, Esa ne se réveillerait jamais. Demain, Pharaon demandera aux prêtres funéraires de préparer le tombeau de sa chère fille.

Leonis ne répliqua pas. Une pénible effervescence le submergeait. Il avait la sensation que son être impalpable bouillait. Il commanda à son esprit de foncer sur le tourbillon dans lequel évoluait l'âme de la princesse. Il atteignit rapidement le cylindre nébuleux. Il fila vers son sommet et il survola le gigantesque cratère de brume afin de découvrir le cercle lumineux du vortex. L'entrée du rêve se révéla. L'âme du sauveur de l'Empire se propulsa vers un autre vertigineux périple.

Cette fois, il ne perdit pas connaissance. Il fut aveuglé par une intense lumière et, en conservant sa forme immatérielle, il se retrouva au milieu d'une petite clairière parsemée de fleurs magnifiques. Une jolie maison aux murs de calcaire blanc se dressait sur une colline. Son esprit fut aussitôt attiré vers la demeure. Il perçut une voix grave et enjouée qui disait:

— Si tu continues ainsi, ma belle Esa, il ne restera plus aucun poisson dans le grand fleuve!

— Ne t'en fais pas, Leonis, répondit, dans un rire, la voix de la princesse. Un harpon ne fera jamais autant de victimes qu'un filet ! J'adore la pêche !

L'esprit de Leonis contourna la jolie maison blanche. Le fleuve apparut. Il touchait presque la demeure. Ses flots étaient plus bleus que nature. La végétation des berges était d'une luxuriance à couper le souffle. En premier lieu, l'enfant-lion ne vit pas Esa. Il se vit lui-même, et une sensation étrange fit vibrer son âme. La personnification du garçon était assise dans l'herbe grasse. Un rouleau de papyrus déployé sur ses cuisses, elle écrivait. Le Leonis du rêve était peut-être un peu plus gras que le vrai. Sa chevelure soigneusement huilée était parée d'une couronne de lotus. Tous ceux qui connaissaient le véritable sauveur de l'Empire eussent trouvé que son double était parfait. Mais, évidemment, le principal intéressé ne s'était jamais vu tel que les autres le voyaient. Il trouvait que le nez du faux Leonis était un peu trop long. Possédait-il vraiment des chevilles aussi maigres ? Et puis, les gestes de son sosie semblaient beaucoup plus nerveux et saccadés que les siens ! Durant ce bref examen, l'authentique Leonis se trouva plusieurs défauts. L'image conçue par Esa était pourtant très fidèle à la réalité.

— J'en ai un autre! clama la voix d'Esa.

L'âme de Leonis se propulsa vers sa personnification. Le corps l'aspira, et l'enfant-lion s'incarna dans son double. De l'endroit où il se trouvait, il put enfin contempler Esa. Debout sur un rocher arrondi, elle se tenait en équilibre au-dessus de l'onde presque mauve de sa vision idéale du Nil. Elle portait une robe blanche et légère qui flottait dans la brise. Ses cheveux étaient en bataille et ses pieds étaient nus. Avec un sourire triomphant, elle exhibait un petit poisson argenté qui frétillait sur la pointe d'un harpon. Leonis abandonna son calame et son rouleau de papyrus. Il se leva. L'émotion lui enserrait la gorge. Sa figure exprimait la surprise. Esa fronça les sourcils et l'interrogea:

— Quelque chose ne va pas, mon amour?

— Vous... Tu... tu es si belle, bredouilla le sauveur de l'Empire.

La princesse rougit et ses lèvres dessinè-rent une moue espiègle. Elle libéra le malheureux poisson de la pointe du harpon. Elle le jeta ensuite dans un panier de jonc posé sur le rocher. La princesse descendit dans l'eau, se lava les mains et gagna la rive pour rejoindre l'enfant-lion. Elle planta son harpon dans la vase et s'avança vers Leonis pour l'enlacer tendrement. Elle plaqua sa joue contre son torse.

— Je t'aime, Leonis, dit-elle. Je souhaite que notre bonheur dure toujours.

L'adolescent déposa un baiser dans les cheveux fous de sa belle. Il la serra très fort dans ses bras. L'amertume le rongeait. Que pouvait-il dire à Esa? Il n'éprouvait aucune envie de détruire son bonheur illusoire. Il leur restait si peu de temps à vivre qu'il eût été cruel d'anéantir, en quelques mots, l'atmosphère heureuse de ces ultimes heures. Pourtant, il devait tenter de la réveiller. Merab avait peut-être voulu le berner en affirmant qu'il n'arriverait pas à délivrer la jeune fille de son envoûtement. Leonis avait besoin de réfléchir. Il masqua son désarroi et affecta la gaieté pour demander:

— Ainsi, tu aimes la pêche?

Esa leva la tête pour observer son amoureux d'un regard interrogateur. En souriant, elle déclara:

— Je tourmente ces pauvres petits poissons depuis l'aube, et tu me demandes si j'aime la pêche. Évidemment que j'aime la pêche! Je n'avais jamais pêché avant, mais j'ai appris à tenir le harpon en observant une scène peinte sur un mur du palais de Memphis. C'est trop facile! Chaque fois que je lance mon harpon, je touche une cible! Depuis que nous habitons ici, on dirait que tout se déroule exactement comme je le veux! Les dieux sont vraiment très bons avec moi!

— Tu… tu ne trouves pas ça étrange? glissa Leonis en faisant un effort pour ne pas dire à Esa que l'on ne pouvait apprendre à pêcher en se basant sur une simple image.

— Si, Leonis. Puisque tu me poses enfin la question, je dois t'avouer que tout ça est très étrange…

La princesse s'écarta du sauveur de l'Empire. Elle se tourna vers le fleuve pour continuer:

— Il n'y a plus de bateaux sur le Nil… Il n'y a ni insectes, ni serpents, ni crocodiles… Nous ne cuisinons pas, nous n'avons aucun domestique; mais notre table est toujours bien garnie… Nous n'avons pas quitté cette maison depuis… Depuis quand, au fait? Je ne me rappelle même pas le jour où nous sommes arrivés ici. Autour de la demeure, il y a toutes les fleurs que je préfère. L'harmonie de leurs parfums est délectable. Les papillons qui volettent dans les environs ont des couleurs incomparables. Le soleil ne brûle pas la peau. La nuit est juste assez fraîche pour que je me blottisse contre toi. L'eau du fleuve est douce comme le lait et elle a le goût du miel… La moindre petite chose qui m'entoure correspond à mes désirs. Les choses qui m'importunaient, qui m'effrayaient ou qui me laissaient indifférente n'existent plus... Je me suis levée un matin en me disant que j'étais dans ma maison en compagnie de celui que j'aimais... Quelque part, dans ma mémoire, il était inscrit que mon père t'avait offert ma main et que nos épousailles avaient été extraordinaires. Pourtant, je n'arrivais pas à me remémorer un seul instant de ce jour merveilleux. J'avais renoncé à mon existence de princesse et personne ne s'en était offusqué... Je ne m'interrogeais pas, car mon cœur m'assurait que tout ça était normal... Je veux le croire, Leonis. Mes hésitations ne durent que le temps d'un souffle. Jusqu'à présent, tu ne semblais pas te rendre compte de l'invraisemblance de cette vie... Et voilà que tu me poses cette question.

La princesse se retourna. Une volonté farouche brillait dans ses yeux. Leonis réalisait avec douleur que son amour n'était pas dupe. Elle doutait de la réalité de ce qu'elle vivait. Aux dires de la sorcière d'Horus, le plus petit doute eût été censé provoquer le réveil de l'envoûtée. Esa s'interrogeait, mais elle ne se réveillait pas. Merab n'avait donc pas menti en affirmant qu'elle était condamnée. Le sauveur de l'Empire sut alors que tout était terminé. Il ferma les paupières et son visage se crispa dans un masque de désespoir. Esa poursuivit :

— Tu sais ce qui nous arrive, Leonis. Le bouleversement qui marque ta figure est plus révélateur que les mots. Le grand cataclysme aurait-il eu lieu ? Aurions-nous rejoint le royaume des Morts ? Tu as certainement une réponse à me donner. Seulement, je ne tiens pas à l'entendre. Si la mort ressemble à cela, il n'y a rien de plus beau. Je ne veux pas savoir ce qui nous a menés ici. Tout ce que je souhaite, c'est que ce bonheur dure à tout jamais. Ici, je suis vraiment moi. Notre maison est belle, mais elle n'a rien à voir avec un palais. Je me lave dans le grand fleuve et je n'ai jamais éprouvé de sensation plus agréable. Je ne suis plus la fille du roi. Je me permets d'avoir les ongles sales et les cheveux emmêlés. Le lin de ma robe est froissé et ma figure est sans fard. Je suis l'enfant que je n'ai jamais pu être… et je suis celle que je n'aurais sans doute jamais pu devenir. Je suis Esa, la femme de Leonis… Peu importe ce qui se passe, je ne veux pas que ça cesse, mon amour.

Le sauveur de l'Empire prit une longue inspiration. Il ouvrit les yeux. Ils étaient mouillés. Mais Leonis hocha la tête d'un air résolu. Le plus beau présent qu'il pouvait offrir à sa douce était de ne rien lui révéler.

Le chagrin et le ravissement se partageaient son esprit. Le monde idyllique d'Esa avait de quoi le surprendre. Car il était à mille lieues de convenir à la fille de Pharaon. En pénétrant dans le rêve, l'adolescent s'attendait à découvrir un palais avec ses richesses et ses splendeurs. Il avait plutôt retrouvé Esa au cœur d'un décor offert au plus modeste des habitants du Nil. Elle pêchait allégrement et saisissait le poisson dans ses mains sans grimacer. Et, ce bonheur tout simple, elle ne désirait le partager qu'avec une seule personne : lui. L'enfant-lion n'avait jamais douté du fait que la princesse l'aimait. Maintenant, il pouvait constater que le royaume d'Esa était aussi le sien. Malgré l'imminence de la mort, il se sentait comblé d'une grande fierté. Dans la réalité, le sort du monde se jouait. Tati, sa chère petite sœur, serait bientôt confrontée à un immense chagrin. Toutefois, la fillette serait désormais en sécurité. Le deuil succédant à la mort de son frère ne durerait pas éternellement. Elle aurait une belle et longue vie, parce que Sia, Montu et Menna parviendraient à rapporter le dernier coffre. Leonis les avait mis sur le chemin, et il s'efforçait de croire que ses amis réussiraient. De toute manière, il ne pouvait plus rien changer. Il ne lui restait plus qu'à profiter des délices qui se trouvaient à sa portée. Il prit la main d'Esa. La jeune fille lui sourit et l'entraîna vers la demeure.

17
QUAND LA RAISON BASCULE

Sia était effondrée. Elle avait suivi l'affolant enchaînement d'épreuves que Leonis avait dû traverser dans le cauchemar conçu par Merab. Elle l'avait vu souffrir et elle s'était sentie affreusement responsable de chacun de ses tourments. L'envoûteur ne s'était pas contenté de sa victoire. Il avait été encore plus loin en soumettant l'enfant-lion aux pires supplices. En lui jetant en pleine figure les dramatiques conséquences de sa sottise, il avait voulu que son ennemie croulât sous les remords. Il avait aussi veillé à ce que la sorcière comprît qu'elle n'avait pas l'étoffe pour se mesurer à lui. À présent, Leonis avait retrouvé Esa dans son royaume. Tout comme leurs corps l'étaient dans la réalité, leurs âmes étaient réunies dans le rêve. Sia se trouvait lamentable. Dans peu de temps, les jeunes gens rendraient leur dernier souffle, et elle devrait quitter la chambre pour aller informer Pharaon de son échec. Depuis une heure, elle tentait de communiquer avec les Anciens. Elle avait espéré que les siens pourraient lui transmettre un moyen de conjurer l'envoûtement. Il fallait chasser les ténèbres. La princesse ne devait pas mourir. Malheureusement, les Anciens ne répondaient pas à ses appels. Ils devaient certainement les entendre, mais ils ne disposaient sans doute d'aucune solution. La noirceur était sur le point d'engloutir le royaume d'Esa. Et même si, à cet instant précis, le peuple de Sia lui eût communiqué une façon de riposter au pernicieux maléfice de Merab, la réponse fût probablement arrivée trop tard. Néanmoins, la sorcière d'Horus s'entêtait à lancer ce vibrant appel: «La princesse ne doit pas mourir! Il faut chasser les ténèbres!» La femme était en sueurs. Des larmes jaillissaient de ses paupières closes. Elle regrettait d'avoir quitté son oasis. Le sauveur de l'Empire avait réclamé son aide. Elle l'avait suivi et elle l'avait tué. Dans l'éclairage jaunâtre et tremblotant des quelques lampes à huile qui l'entouraient, Sia était l'incarnation même du désespoir.

Enlacés devant le porche coloré de la jolie maison, Leonis et Esa contemplaient le magnifique coucher de soleil qui incendiait les cieux et le Nil de leur royaume. L'enfant-lion songeait que c'était probablement le dernier crépuscule que sa belle et lui verraient. Ces nuances ambrées, pourpres et vermeilles soulignaient la fin d'un jour imaginaire. Elles marquaient aussi l'achèvement de deux existences bien réelles. Comme si elle savait, Esa soupira :

— Après avoir connu un tel bonheur, je pourrais mourir sans regret.

— La vie au palais ne te manque pas ? demanda l'enfant-lion.

— Non, Leonis. Pour moi, le palais était semblable à un cachot. Je vis à présent dans un environnement magnifique ; j'ai la certitude que, même si nous habitions au beau milieu du désert, je ne m'ennuierais pas de mon ancienne vie. Je n'étais pas faite pour ça. Toute petite, je le savais déjà. En te connaissant, mon envie de quitter la cour est devenue plus forte. Tu étais donc un peu responsable de mon chagrin, mon amour ! Heureusement que mes rêves se sont réalisés ! J'ignore ce qui m'a délivrée de cette existence, mais je crois que je n'aurais pas pu la supporter encore très longtemps. De telles paroles briseraient certainement le cœur de mon père et de ma mère Khamerernebty. Pharaon et sa grande épouse ne pourraient pas comprendre. Je ne comprends pas moi-même pourquoi je suis comme ça. J'ai l'impression de renaître, Leonis. Je ne me suis jamais sentie aussi vivante qu'en ce moment.

— Il n'y a que ce moment qui compte, ma belle Esa. Hier et demain sont des mots qui n'existent pas.

Ils se turent. Les dernières lueurs du crépuscule déposaient des braises sur les ramures des lointains sycomores. La nuit neuve se parfumait d'exhalaisons suaves. Les étoiles pétillaient presque autant que les yeux des jeunes amoureux. En observant la voûte céleste, l'enfant-lion constata que la princesse ne savait rien de l'astronomie. Lui-même s'y connaissait très peu. Il pouvait cependant remarquer que les astres qui constellaient le ciel du royaume d'Esa étaient beaucoup plus nombreux que ceux qui égayaient les nuits d'Égypte. De surcroît, il n'y avait, en apparence, aucune constellation connue dans ce firmament. Il chercha Sopdet, la plus illustre de toutes les étoiles ; celle dont le lever annuel annonçait la crue du grand fleuve. L'existence de Leonis était liée à Sopdet, car l'apparition de cette étoile coïncidait aussi avec le jour de sa naissance. Mais, dans le ciel imaginé par Esa, les étoiles n'étaient là que pour leur beauté. Même si le grand fleuve était à son plus haut niveau, Sopdet n'était pas levée. Les enfants de Nout étaient éparpillés n'importe comment. On eût dit que, tout comme la fille de Mykérinos, les astres n'avaient pas aimé la place qu'ils avaient occupée dans le monde des hommes. Dans le rêve d'Esa, ils allaient tout à fait à l'encontre des règles que la réalité leur avait depuis toujours imposées. Lorsque la princesse lui serra soudainement et nerveusement le poignet, l'enfant-lion en était venu à oublier qu'il vivait ses dernières heures. Sur un ton angoissé, Esa lança :

— Qui... qui est-ce, Leonis ?

L'adolescent entendit un glissement de pas. Il tourna les yeux en direction de la rive et il aperçut une silhouette qui se dirigeait vers eux. L'apparition était vêtue de rouge. Leonis avait reconnu Merab avant même que le visage du sorcier ne fût éclairé par la lumière mauve de la pleine lune. Il repoussa délicatement Esa et murmura :

— Entre dans la maison, ma belle. Je vais voir ce que cet homme veut. Il... il s'est sans doute égaré et...

— Je sais très bien où je me trouve, intervint Merab. Ne nous privez surtout pas de votre divine présence, princesse Esa. Que se passe-t-il, enfant-lion? Aurais-tu honte de présenter un vieil ami à ta charmante compagne?

— Que veux-tu encore, Merab? siffla Leonis. Ne seras-tu jamais satisfait? Serais-tu cruel au point de…

Leonis s'interrompit. L'envoûteur n'hésita cependant pas à compléter sa phrase:

— Serais-je cruel au point de gâcher vos derniers moments de vie? C'est ce que tu voulais me demander, n'est-ce pas, enfant-lion? Comment peux-tu me poser pareille question? Bien sûr que je suis cruel à ce point!

— Qui est cet homme, Leonis? s'alarma la princesse.

— Je suis un sorcier, ma poupée, répondit Merab. C'est à moi que tu dois cette nouvelle vie. Elle aura été éphémère, mais c'est peut-être mieux comme ça. Car on s'habitue vite au bonheur. Parfois, les plus belles choses finissent quand même par nous lasser…

— Laisse-nous, Merab! aboya Leonis. Esa ne t'a rien fait! Elle n'a rien à voir avec ma quête! Tu n'as aucune raison de la tourmenter! Tu es odieux!

— C'est vrai, Leonis, cette jeune fille ne m'a rien fait. Toi non plus, d'ailleurs. Seulement, je n'ai pas souvent l'occasion de discuter avec cette chère Sia. Puisqu'elle m'écoute en ce moment, je tiens à la saluer. Je veux aussi lui conseiller de rentrer chez elle. N'a-t-elle pas suffisamment souffert du sort que je lui ai jeté autrefois? Elle devrait profiter de la chance qu'elle a d'être à nouveau libre. Je me demande ce qu'elle éprouve, en ce moment. Se sent-elle au moins un peu coupable d'avoir ainsi condamné son libérateur? Dans quelques instants, les ténèbres achèveront leur progression. Tout disparaîtra d'un coup, mes doux agneaux. Ce rêve, votre amour et votre vie. Je vais rester avec vous jusqu'à cet ultime moment. Je dois vous complimenter, princesse Esa. Car on est vraiment bien dans votre royaume…

Le petit Chery fixait la jarre qui, depuis des heures, semait des perles obscures dans l'eau du vaste bassin de terre cuite. Maintenant, l'eau du bassin était presque entièrement recouverte d'une nappe noire et visqueuse. Elle avait déjà englouti l'un des deux tourbillons surnaturels que l'envoûteur avait créés dans le bassin, et elle allait sous peu toucher celui qui renfermait l'effigie de limon de la princesse Esa. Chery avait bien accompli sa tâche. En vérité, il n'avait rien eu à faire. L'embout pointu du couvercle de la jarre ne s'était pas obstrué une seule fois. Mais ce qui comptait, c'était que le petit serviteur de

Merab n'avait jamais relâché sa vigilance. Il veillait. Malgré le mal intolérable qui le minait, Chery n'avait quitté la jarre des yeux que pour jeter, de temps à autre, un regard désespéré vers son maître qui dormait profondément. Le petit pleurait. Il était sur le point de hurler. Il eût aimé que Merab se réveillât pour le soulager de sa folie. La voix de femme qui l'avait hanté deux jours auparavant était revenue. Elle lui vrillait le crâne. Elle répétait sans cesse: «La princesse ne doit pas mourir! Il faut chasser les ténèbres!»

Chery comprenait que la voix lui parlait de la figurine de la princesse qui se trouvait dans le tourbillon du bassin. Il comprenait aussi que les ténèbres étaient représentées par le liquide noir qui s'écoulait de la jarre. La voix féminine, qu'il croyait fermement issue de son esprit troublé, voulait lui faire commettre un acte insensé et impardonnable. Sa raison s'était retournée contre lui. Elle l'exhortait à détruire le bassin pour empêcher le liquide d'atteindre l'effigie de la princesse. Le petit serviteur ne pouvait pas faire une chose pareille, car Merab le tuerait. Était-ce donc ce que voulait son esprit? En espérant que la douleur pourrait faire taire la voix, le petit se mordait vigoureusement la langue et les lèvres. Sa bouche saignait, mais les tortures qu'il s'infligeait étaient sans doute bien négligeables en comparaison des atrocités que Merab lui ferait subir s'il obéissait aux adjurations de sa folie. Il lui fallait résister. Mais cette voix! Elle était tellement remplie de détresse! Elle était à ce point convaincante que Chery était torturé de ne pas pouvoir exaucer son souhait. Par trois fois, il avait lorgné le maillet de pierre qui reposait sur le plan de travail du sorcier. Par trois fois, le malheureux avait failli se précipiter sur cet objet dans le but de commettre l'irréparable.

Le petit serviteur de Merab ressentit un peu de réconfort lorsqu'il vit une première coulée noire s'introduire dans le tourbillon. Il avait l'intuition que, quand le liquide sirupeux aurait entièrement envahi le bassin, la voix se tairait enfin. Mais, un instant plus tard, la voix changea d'intensité. Elle exprimait un accablement si profond que Chery sentit son cœur se déchirer. L'appel désespéré résonna dans tout son être. Épuisé, il s'abandonna. Ses lèvres ensanglantées remuèrent pour chuchoter:

— La princesse ne doit pas mourir. Il faut chasser les ténèbres.

Il répéta cette phrase plusieurs fois en marchant vers l'autel. En roulant des yeux fous, il saisit le maillet de pierre. Il revint vers le bassin et, en poussant un hurlement guerrier, il abattit l'outil sur sa paroi de terre cuite. Au premier impact, le vaste récipient se brisa. Son contenu se répandit sur les dalles de la tanière du sorcier Merab. L'envoûteur râla dans son sommeil. Chery vit son maître sursauter violemment. Le petit prit alors conscience de la gravité du geste qu'il venait de commettre. Perclus d'épouvante, il laissa tomber le maillet. D'un regard ahuri, il observa les dégâts qu'il avait causés. Dans son esprit, la voix s'était tue. Toujours allongé, le sorcier semblait se défendre contre un assaillant invisible. Le cœur du serviteur battait à tout rompre. S'il ne voulait pas subir le plus horrible des châtiments, il devait fuir. Chery se précipita vers la porte. En courant à toutes jambes, il franchit un couloir pour quitter les quartiers de Merab. Des gardes le virent passer sans réagir. Dans son dos, il entendit le vieillard hurler :

— Je te tuerai, moustique ! Qu'as-tu osé faire, sale morveux ? Où es-tu ? Montre-toi immédiatement !

Le petit Chery ne s'arrêta pas. Il traversa le village souterrain des adorateurs d'Apophis, gravit un long escalier sculpté dans la pierre et s'engagea dans un dédale de couloirs sombres qui conduisaient au désert. Dans sa fuite effrénée, il croisa de nombreux adeptes du culte du grand serpent, mais personne ne tenta de l'arrêter. Qui eût pu deviner que ce misérable gamin venait de sauver la vie du sauveur de l'Empire?

18

LA FIN D'UN RÊVE

Les paupières des deux dormeurs s'ouvrirent en même temps. Leur réveil fut brutal. Leonis tomba du lit et Esa poussa un hurlement assourdissant. Sia n'en croyait pas ses yeux. Elle avait vu les ténèbres s'introduire dans le tourbillon. Dès cet instant, Leonis et sa belle ne pouvaient plus échapper à la mort. Mais, soudainement, le sort avait été conjuré. Seul Merab eût pu mettre un terme à ce maléfice. Toutefois, le sorcier ne pouvait certainement pas avoir agi ainsi! La sorcière d'Horus était consternée. À travers une buée de larmes, elle vit Leonis se lever. L'enfant-lion palpa ses membres avec nervosité pour s'assurer qu'il avait bel et bien réintégré son corps. La princesse pleurait. Elle plaqua une paume sur son cœur. Des pas retentirent dans la chambre. Le hurlement d'Esa avait alerté Pharaon. Le roi se dirigea vers le lit et se jeta sur sa fille pour la prendre dans ses bras. Il pleurait, lui aussi. L'émotion l'étranglait. Il parvint néanmoins à balbutier :

— Ma... ma belle Esa... Ma chère et tendre fille... J'ai... j'ai eu si peur de te perdre... Si peur... Parle-moi, Esa. Dis-moi que tu vas bien...

Contre toute attente, la princesse s'exclama :

— Lâchez-moi, père ! Lâchez-moi, je vous en prie !

Frappé de stupeur, Mykérinos libéra Esa et s'écarta légèrement du lit. La princesse reposa sa tête sur la couche. Elle masqua son visage de ses doigts fins et laissa libre cours à de violents sanglots. Mal à l'aise, le maître des Deux-Terres posa un regard à la fois navré et interrogateur sur la sorcière d'Horus. Encore secouée par le réveil inespéré des jeunes gens, Sia déclara :

— Je... je crois que vous devriez revenir plus tard, Pharaon. La princesse doit se remettre de ses émotions. Soyez sans crainte. Elle est saine et sauve.

— Je... je comprends, Sia, dit l'homme en baissant les yeux. Je... Comment pourrais-je te remercier ?

— Vous n'avez pas besoin de me remercier, Pharaon. J'irai vous avertir lorsque la princesse sera en mesure de vous recevoir...

Mykérinos hocha la tête. Il fit signe aux deux gardes qui l'accompagnaient de le suivre. Le souverain et les soldats quittèrent la chambre. Leonis s'approcha timidement d'Esa pour lui caresser les cheveux. Les sanglots de la princesse s'apaisèrent. Elle retira ses mains de sa figure baignée de larmes et elle leva les yeux sur la sorcière d'Horus pour demander d'une voix hésitante:

— Qui êtes-vous?

Sia regarda Leonis. L'enfant-lion se chargea de répondre à la question de sa belle:

— Sia est mon amie, Esa. Ce soir, elle t'a sauvé la vie… Je… je t'expliquerai plus tard ce qui t'est arrivé. Pour l'instant, tu as besoin de te reposer.

— Je veux savoir ce qui s'est passé! lança la jeune fille. J'ai le droit de savoir!

— Très bien, princesse, dit Sia. Je sais que vous vous souvenez clairement des événements que vous venez de vivre. En vous réveillant dans le décor de votre chambre, vous avez subi un choc. Si je ne vous explique pas ce qui vous est arrivé, vous serez hantée par d'incessantes questions. La vérité est assez troublante, mais j'estime que vous êtes prête à l'entendre…

Sia annonça à Esa qu'elle avait été envoûtée. Elle lui avoua d'emblée qu'elle était une sorcière. Elle lui parla aussi de Merab et elle lui décrivit le sort qu'il avait utilisé pour l'emprisonner dans un rêve. La fille de Mykérinos apprit également que, puisque le maléfique envoûteur savait qu'elle était amoureuse du sauveur de l'Empire, il avait agi de la sorte pour attirer ce dernier dans un piège. Blottie dans les bras de Leonis, la princesse écoutait Sia avec attention. Lorsque la femme eut terminé son exposé, la jeune fille dit d'un air rêveur:

— Maintenant, mon père est sans doute au courant que je suis amoureuse de toi, Leonis…

— En effet, Esa, confirma l'enfant-lion. Nous en avons même discuté, lui et moi.

— Comment a-t-il pris la chose, mon amour?

— Je dois t'avouer que ça ne lui plaît pas, Esa. Il ne m'offrira jamais ta main. Lorsque j'aurai livré l'offrande suprême, il m'a promis que, si tel était ton désir, il consentirait à notre union. Toutefois, jamais je ne pourrai t'épouser sur la terre d'Égypte. Si tu t'entêtais à vouloir devenir ma femme, il te condamnerait à l'exil…

La princesse émit un rire méprisant.

— Mykérinos croit que je ne pourrais pas survivre en dehors du palais. Il ne sait pas que l'exil serait une libération pour moi. Il pourra bien tenter de me convaincre, il n'y parviendra jamais… Merab est peut-être un homme très méchant, mais, grâce à lui, je viens de vivre les plus beaux moments de mon existence. Tu as vu à quoi ressemblait mon royaume, mon amour. Oseras-tu encore penser que je suis à ma place entre les murs de ce palais ?

— Non, Esa. Bien sûr que non. Seulement, j'ai la conviction que nous serons longtemps séparés, toi et moi. Tant que je n'aurai pas accompli ma quête, ton père fera en sorte de nous éloigner l'un de l'autre. Quand j'aurai achevé ma mission, j'espère qu'il tiendra sa promesse…

— Je lui rappellerai constamment cette promesse, assura Esa… Je ne changerai jamais d'avis, Leonis. Je t'aime. Mon rêve était si extraordinaire… Je suis triste de l'avoir quitté… Revivrons-nous un jour d'aussi merveilleux moments, mon amour ?

— Notre existence sera certainement très belle, ma douce Esa. Par contre, tu t'apercevras que la pêche au harpon est beaucoup plus facile dans les rêves que dans la réalité.

La princesse pouffa. L'enfant-lion la serra très fort contre lui. Il glissa le nez dans sa chevelure pour s'imprégner de son parfum. À regret, il soupira :

— Je dois maintenant partir. Ton père attend.

Ils s'embrassèrent une dernière fois. Le sauveur de l'Empire se leva. La princesse retint brièvement sa main. Leonis conclut sur un ton chagriné :

— Au revoir, mon amour.

Leurs doigts se lâchèrent. Le garçon tourna les talons. En débouchant dans le couloir, il croisa Mykérinos sans le saluer.

Avant de convier Pharaon à se rendre auprès de sa fille, Sia demeura un long moment dans la chambre. Discrètement, et avec l'autorisation de la princesse, la sorcière s'affaira à protéger Esa de la magie de Merab. Elle rejoignit ensuite Leonis qui l'attendait dans le couloir. Elle informa le sauveur de l'Empire de ce qu'elle venait de faire. Le garçon la félicita pour son initiative. Ils quittèrent le palais royal et gagnèrent les jardins sans prononcer un mot. Le jour se levait. Ce fut Sia qui rompit le silence en déclarant :

— Je suis désolée, Leonis. Tu as tant souffert ! Merab m'a vaincue. J'ai mis ta vie en péril.

— Puisque tu as réussi à délivrer Esa, Merab ne t'a pas vaincue, Sia. Je dois cependant admettre que j'ai eu très peur. Cette nuit, j'ai vécu des choses horribles. J'ai même connu la mort…

— Je sais, mon ami. Le sorcier de Seth s'est complètement moqué de moi. Je n'ai rien pu faire pour vous sauver. Je ne suis pas responsable de votre délivrance… Merab m'avait bel et bien battue. Je crois qu'il a lui-même renoncé à vous éliminer.

— C'est impossible, Sia. Je l'ai rencontré dans le royaume d'Esa. Il voulait rester avec nous pour assister à la fin. Si tu avais pu voir à quel point il était fier de lui!

— Je l'ai bien vu, Leonis… Je n'arrive cependant pas à comprendre ce qui s'est passé. En constatant mon impuissance, j'ai communiqué avec les miens, mais aucun d'eux n'a répondu à mon appel… La leçon a été douloureuse, mon brave. J'ai sous-estimé le sorcier de Seth. À l'avenir, je devrai faire preuve d'une plus grande humilité. Mes années de réclusion dans le domaine du tueur de la lumière ont visiblement altéré mon jugement.

— Tu as toujours ma confiance, Sia. Je connais désormais la puissance et la cruauté de Merab. Plus que jamais, je réalise que ta présence à nos côtés est nécessaire. Ne t'en fais pas. Ce sorcier m'a fait souffrir, mais, dans le royaume d'Esa, une extraordinaire récompense m'attendait.

Après sa fuite du Temple des Ténèbres, le petit Chery s'était enfoncé dans le désert. En regardant sans cesse derrière lui, afin de s'assurer que personne ne le poursuivait, il avait marché sans répit durant deux jours et deux nuits. Il regrettait amèrement ce qu'il avait fait. Le sorcier Merab ne tarderait certainement pas à le retrouver. Il eût préféré mourir plutôt que de vivre un pareil moment. Le petit avait quitté le repaire des adorateurs d'Apophis sans même prendre le soin d'emporter une outre. La soif n'avait pas tardé à se manifester. Il marchait vers l'ouest et chacun de ses pas l'éloignait du Nil. Le petit n'était pas sans savoir qu'il se dirigeait tout droit vers la mort, mais cela lui était égal. Il ne pouvait plus reculer.

Au matin du troisième jour, il finit par s'effondrer. Sa gorge était sèche comme le sable du désert qui l'entourait. À bout de force, il décida que sa vie se terminerait là. Chery était inconscient lorsque deux hommes dévalèrent un monticule pour aller à sa rencontre. Ces personnages étaient entièrement vêtus de noir. Ils portaient de longues robes. Un voile protégeait leur tête et masquait leur visage. L'un d'eux se pencha sur le corps inanimé pour l'examiner. Avec soulagement, il déclara :

— Il est vivant. Par bonheur, nous avons pu le retrouver…

— Survivra-t-il ? demanda son compagnon.

— Il survivra, assura l'autre. Ce petit être est doté d'une endurance hors du commun. Heureusement qu'il a entendu l'appel lancé par sa mère. Sans ce lien psychique, Maïa-Hor n'aurait jamais pu soupçonner son existence. Dire que nous pensions que la treizième sorcière et son fils surdoué étaient morts depuis deux siècles.

— Tu crois que Sia sait que Chery a entendu son appel ?

— Je ne le crois pas. Elle ne se doute probablement pas que son fils est toujours en vie. Il vaut mieux qu'il en soit ainsi. Rentrons au campement ! Ce garçon a besoin de soins. Les nôtres seront heureux de savoir que nous avons pu le retrouver à temps.

L'homme souleva le petit corps et se redressa. En caressant les cheveux sombres et bouclés de Chery, il dit :

— Viens, petit homme. Bientôt, tu feras la connaissance des gens de ton peuple.

LEXIQUE
DIEUX DE L'ÉGYPTE
ANCIENNE

Anubis: Dieu protecteur des nécropoles, Anubis était représenté sous la forme d'un chacal. La présence de ce charognard sur les lieux d'inhumation pourrait expliquer que son image ait été associée à la divinité de l'embaumement. Anubis prenait aussi l'apparence d'un homme à tête de chacal. Quelques experts affirment toutefois qu'il s'agissait d'un chien noir. Considéré comme le fils du dieu funéraire Osiris, Anubis présidait avec Thot au jugement et à la pesée des âmes.

Apophis: Dans le mythe égyptien, le gigantesque serpent Apophis cherchait à annihiler le soleil Rê. Ennemi d'Osiris, Apophis était l'antithèse de la lumière, une incarnation des forces du chaos et du mal.

Bastet: Aucune déesse n'était aussi populaire que Bastet. Originellement, Bastet était une déesse-lionne. Elle abandonna toutefois sa férocité pour devenir une déesse à tête de chat. Si le lion était surtout associé au pouvoir et à la royauté, on considérait le chat comme l'incarnation d'un esprit familier. Il était présent dans les plus modestes demeures et c'est sans doute ce qui explique la popularité de Bastet. La déesse-chat, à l'instar de Sekhmet, était la fille du dieu-soleil Rê. Bastet annonçait la déesse grecque Artémis, divinité de la nature sauvage et de la chasse.

Hathor: Déesse représentée sous la forme d'une vache ou sous son apparence humaine. Elle fut associée au dieu céleste et royal Horus. Sous l'aspect de nombreuses divinités, Hathor fut vénérée aux quatre coins de l'Égypte. Elle était la déesse de l'amour. Divinité nourricière et maternelle, on la considérait comme une protectrice des naissances et du renouveau. On lui attribuait aussi la joie, la danse et la musique. Hathor agissait également dans le royaume des Morts. Au moment de passer de vie à trépas, les gens souhaitaient que cette déesse les accompagne.

Horus: Dieu-faucon, fils d'Osiris et d'Isis, Horus était le dieu du ciel et l'incarnation de la royauté de droit divin. Successeur de son père, Horus représentait l'ordre universel, alors que Seth incarnait la force brutale et le chaos.

Isis: Épouse d'Osiris et mère du dieu-faucon Horus, elle permit la résurrection de son époux assassiné par Seth. Elle était l'image de la mère idéale. Déesse bénéfique et nourricière, de nombreuses effigies la représentent offrant le sein à son fils Horus.

Osiris: La principale fonction d'Osiris était de régner sur le Monde inférieur. Dieu funéraire suprême et juge des morts, Osiris faisait partie des plus anciennes divinités égyptiennes. Il représentait la fertilité de la végétation et la fécondité. Il était ainsi l'opposé ou le complément de son frère Seth, divinité de la nuit et des déserts.

Ptah: Personnage au crâne rasé et enserré de bandelettes de lin blanc, Ptah était représenté par un potier. On vénérait ce dieu en tant qu'artisan du monde. Il était le souffle à l'origine de la vie. Cette divinité était principalement vénérée à Memphis.

Rê: Le dieu-soleil. Durant la majeure partie de l'histoire égyptienne, il fut la manifestation du dieu suprême. Peu à peu, il devint la divinité du soleil levant et de la lumière. Il réglait le cours des heures, des jours, des mois, des années et des saisons. Il apporta l'ordre dans l'univers et rendit la vie possible. Tout pharaon devenait un fils de Rê, et chaque défunt était désigné comme Rê durant son voyage vers l'Autre Monde.

Sekhmet: Son nom signifie « la Puissante ». La déesse-lionne Sekhmet était une représentation de la déesse Hathor. Fille de Rê, elle était toujours présente aux côtés du pharaon durant ses batailles. Sekhmet envoyait aux hommes les guerres et les épidémies. Sous son aspect bénéfique, la déesse personnifiait la médecine et la chirurgie. Ses pouvoirs magiques lui permettaient de réaliser des guérisons miraculeuses.

Seth: Seth était la divinité des déserts, des ténèbres, des tempêtes et des orages. Dans le mythe osirien, il représentait le chaos et la force impétueuse. Il tua son frère Osiris et entama la lutte avec Horus. Malgré tout, il était considéré, à l'instar d'Horus, comme un protecteur du roi.

Sobek: Le dieu-crocodile, l'une des divinités les plus importantes du Nil. Par analogie avec le milieu naturel du crocodile, on l'associait à la fertilité. Il était vénéré sous son aspect purement animal ou sous l'aspect composite d'une figure humaine à tête de crocodile. On craignait Sobek, car il appartenait au royaume du dieu Seth. Le dieu-crocodile, une fois maîtrisé et apaisé, était un protecteur efficace du pharaon.

PHARAONS

Djoser (2690-2670 av. J.-C.) : Second roi de la IIIe dynastie de l'Ancien Empire. Son règne fut brillant et dynamique. Il fit ériger un fabuleux complexe funéraire à Saqqarah, où se dresse encore, de nos jours, la célèbre pyramide à degrés construite par l'architecte Imhotep.

Khéops (aux alentours de 2604 à 2581 av. J.-C.) : Deuxième roi de la IVe dynastie, il fut surnommé Khéops le Cruel. Il fit construire la première et la plus grande des trois pyramides de Gizeh. La littérature du Moyen Empire le dépeint comme un souverain sanguinaire et arrogant. De très récentes études tendent à prouver qu'il est le bâtisseur du grand sphinx de Gizeh que l'on attribuait auparavant à son fils Khéphren.

Djedefrê (de 2581 à 2572 av. J.-C.) : Ce fils de Khéops est presque inconnu. Il a édifié une pyramide à Abou Roach, au nord de Gizeh, mais il n'en reste presque rien. Probablement que son court règne ne lui aura pas permis d'achever son projet.

Khéphren (de 2572 à 2546 av. J.-C.): Successeur de Djedefrê, ce pharaon était l'un des fils de Khéops et le bâtisseur de la deuxième pyramide du plateau de Gizeh. Il eut un règne prospère et paisible. La tradition rapportée par Hérodote désigne ce roi comme le digne successeur de son père, un pharaon tyrannique. Cependant, dans les sources égyptiennes, rien ne confirme cette théorie.

Bichéris (Baka) (de 2546 à 2539 av. J.-C.): L'un des fils de Djedefrê. Il n'a régné que peu de temps entre Khéphren et Mykérinos. Il entreprit la construction d'une grande pyramide à Zaouiet el-Aryan. On ne sait presque rien de lui. L'auteur de *Leonis* lui a décerné le rôle d'un roi déchu qui voue un culte à Apophis. La personnalité maléfique de Baka n'est que pure fiction.

Mykérinos (2539-2511 av. J.-C.): Souverain de la IVe dynastie de l'Ancien Empire. Fils de Khéphren, son règne fut paisible. Sa légitimité fut peut-être mise en doute par des aspirants qui régnèrent parallèlement avant qu'il ne parvienne à s'imposer. D'après les propos recueillis par l'historien Hérodote, Mykérinos fut un roi pieux, juste et bon qui n'approuvait pas la rigidité de ses prédécesseurs. Une inscription provenant de lui stipule: «Sa Majesté veut qu'aucun homme ne soit pris au travail forcé, mais que chacun travaille à sa satisfaction.» Son règne fut marqué par l'érection de la troisième pyramide du plateau de Gizeh. Mykérinos était particulièrement épris de sa grande épouse Khamerernebty. Celle-ci lui donna un enfant unique qui mourut très jeune. Selon Hérodote, il s'agissait d'une fille, mais certains égyptologues prétendent que c'était un garçon. On ne connaîtra sans doute jamais le nom de cet enfant. La princesse Esa que rencontre Leonis est un personnage fictif.

Chepseskaf (2511-2506 av. J.-C.): Ce fils de Mykérinos et d'une reine secondaire fut le dernier pharaon de la IVe dynastie. Pour la construction de son tombeau, il renonce à la forme pyramidale et fait édifier, à Saqqarah, sa colossale sépulture en forme de sarcophage.

La production du titre *Leonis Le Royaume d'Esa* sur 11,891 lb de papier Rolland Enviro100 Édition plutôt que sur du papier vierge aide l'environnement des façons suivantes :

Arbre(s) sauvé(s) : 101
Évite la production de déchets solides de 2 913,00 kg
Réduit la quantité d'eau utilisée de 275 593,00 L
Réduit les matières en suspension dans l'eau de 18,4 kg
Réduit les émissions atmosphériques de 6 398,00 kg
Réduit la consommation de gaz naturel de 416,00 m^3

Imprimé sur du Rolland Enviro100, contenant 100% de fibres recyclées postconsommation, certifié Éco-Logo, Procédé sans chlore, FSC Recyclé et fabriqué à partir d'énergie biogaz.